仙愛異聞

凶王の息子と甘露の契り

羅は手に持っていた柳の葉を風に流し、
まぶしそうに優瑶を見た。
熱のこもった目でじっと見つめて、
困ったようにふっと笑う。
「お前は、本当になんというか……」
静かに自責の念を感じていた優瑶は、
小首をかしげて羅を見つめ返した。
色の薄い髪の毛が、ふわりと薫風に舞った。
「奇貨居くべし、だな」
そう言って、優瑶の白い頬を
でごくわずかに撫でた。

仙愛異聞

凶王の息子と甘露の契り

佐竹 笙

23572

角川ルビー文庫

目次

口絵・本文イラスト／高崎ぼすこ

一

……その昔、凶王《きょうおう》は子どもを嬲《なぶ》り、妊婦《にんぷ》を狩《か》りの獲物《えもの》とし、女の肉を食べた。男たちはみな兵か奴隷《どれい》として、死ぬまで戦わせたという。

蔡優瑶《ツァイヨウヤオ》は気分が悪くなり、書籍《しょせき》から顔を上げた。

紙窓《しそう》にひらひらと映る影《かげ》がある。それが落ち葉ではなく蝶《ちょう》だと気がついて、優瑶は自室を出た。

——不規則に舞《ま》うものって、綺麗《きれい》だ。

思った通り、一頭の蝶が白い翅《はね》を羽ばたかせ、ひらりひらりと飛んでいる。あんなふうに思う存分体を動かして、どこへでも好きなところへ行けたらどんなにいいだろう。

顔を空に向けたせいか、霜《しも》の気配を孕《はら》んだ風をふと吸い込んだ。冷たい空気がひゅうっと喉《のど》を駆《か》け抜けて、暖かい室内で緩《ゆる》んだ肺を刺激《しげき》する。

優瑶は激しく咳《せ》き込んだ。一度弾《はず》みがつくと、咳《せき》はなかなか止まらない。上衣を胸の前でかき寄せて、咳をし続けていると、華《はな》やかな笑い声と猫《ねこ》の鳴き声が聞こえた。

義母と、その侍女《じじょ》たちだ。優瑶は口を押さえながら、急いで部屋に戻《もど》った。

「……ほら、そこよ。あぁ、行ってしまったじゃないの、下手くそねぇ！」

「奥さま、あたしたちに蝶なんぞ捕《つか》まえられませんわ」

「あんなに高く上がっちゃ、もう手が届きませんよ」

優瑶は気配を消すようにしゃがみこみ、両手で必死に口を押さえた。だが咳をこらえようとすればするほど、それは喉の奥で暴れ狂《くる》い、優瑶の言うことを聞いてくれない。

ふと、外が静かになった。

「やだわ、死瑶《スーヤオ》の離《はな》れに来ちゃったじゃない」

義母が興醒《きょうざ》めしたように言った。毒々しいまでの美貌《びぼう》を持つ彼女は、鈴《すず》を転がすような声でいつもこう言う。

くたばり損《ぞこ》ないの優瑶、と。

「いつまで生きているのかしら、あの子」

「肺を病《や》まれて、もうずいぶんになるのでしょう？」

「ずっと最高の薬をあげているのよ。それなのに悪くなるばかりで。薬代も馬鹿《ばか》にならないし、かわいそうだけど、あの子ができる親孝行は、早く来世に旅立つことね」

こちらに聞かせるような大きな声の後、「キャッ」という女たちの高い声が聞こえた。義母の笑い声と猫が騒《さわ》ぐ声がする。

「嫌《いや》だわ奥さま、びっくりするじゃありませんか。突然《とつぜん》小石を投げるなんて!」

「かわいそう、蝶に当たりましたわよ」

「いいのよ、狙《ねら》ったんだから。捕まらない蝶なんて、忌《い》ま忌ましいだけだわ」

ひゅるひゅると地に落ちる蝶が、優瑶の脳裏《のうり》に浮《う》かぶ。

「ほら、お前たち、おもちゃにしなさいな」

猫に与《あた》えたのだろう。義母は、いつも周りに何匹《びき》もの猫を引き連れている。

優瑶は額に脂汗《あぶらあせ》をかきながら、胸の衣《ころも》をぎゅっと握《にぎ》った。喉の奥からゼイゼイと音がする。

這《は》いつくばりながら、なんとか薬湯のある棚《たな》まで進んだ。

喘息《ぜんそく》は年を追うごとにひどくなり、今では部屋からほとんど出られない。外の風に当たるのはよくないと医者から指示されていた。義母がかわいがるたくさんの猫たちも、近くにいると咳が止まらなくなる。

「……それに秋の蝶ですもの。どっちにしたってすぐに死ぬわよ」

義母の声がよく響《ひび》く。まるで自分のことを言われているようで、余計に悲しくなった。

優瑶は、北方の少数民族の血を引く母に似て色素が薄《うす》く、髪《かみ》も瞳《ひとみ》も胡桃《くるみ》のような色をしている。肌《はだ》は血管が透《す》き通るほど青白い。

しかし最近、手のひらと足の裏だけ、ほくろのようなものがぽこぽこと不気味に出始めていた。それを見ると、本能的に死期が近いと感じてしまう。この命は、十七年かそこらで終わるよう定められているのかもしれない。

喉にからむような濃《こ》い薬湯を飲むと、咳が少し落ち着いてくる。それと同時に義母たちの声は少しずつ遠ざかって、優瑶はほっと息を吐《は》いた。

……愛されるという感覚は、どんなものだっただろう。

生母は、優瑶が五歳の時に亡《な》くなった。父は懸命《けんめい》に働き、小さな質屋《しちや》を大きくして、評判の高級娼妓《しょうぎ》を後添《のちぞ》えにもらった。彼女が来てから、店は一層繁盛《はんじょう》している。しかし優瑶の味方はいつのまにかいなくなり、気がつけば一人ぼっちだ。昔はよくこの離れに来てくれた父も、最近は顔を見せない。

家で働く者は、優瑶を無い者として扱《あつか》うか、ヒソヒソと陰口《かげぐち》を叩《たた》いていた。今の夫人が先妻の息子《むすこ》を疎《うと》んじているからだ。

父が再婚《さいこん》して七年ほどになるが、義母との間に子はない。だから先妻の息子を見るのが辛《つら》いのだろうと、優瑶は義母の気持ちを推《お》し量っていた。それに優瑶は、美しいと評判だった母によく似ている。そのことも義母の癇《かん》に障《さわ》るようだった。だが自分にはどうにもしようのないことばかりだ。

優瑶は、玉《ぎょく》でできた本物そっくりのネズミに話しかけた。この生活で、唯一《ゆいいつ》の話し相手だった。

「さっきの蝶、お前にも見せてあげたかったたな」

この部屋には、さまざまな色をした玉や真珠《しんじゅ》、珍《めずら》しい鉱物がたくさん置かれている。すべて優瑶の薬となるものだ。たまに家の者がやってきて、それらを少し欠いていく。丸薬にしているらしい。

塵《ちり》ひとつない綺麗な部屋にあるのは、美しく高価なものばかりだ。だからこの環境《かんきょう》には感謝している。恨《うら》み言など吐けるはずもない。

だが優瑶のほかに動くものはない、この死んだような空間に、自分も静かに取り込まれていく気がした。だから、ひらひら舞うものを、ことさら美しく感じるのかもしれない。

優瑶は、卓《つくえ》に広げていた書籍を閉じた。真面目《まじめ》な歴史の本だが、旧王朝に終止符《しゅうしふ》を打ったという凶王の残酷《ざんこく》な話を、今は読む気になれなかった。

夜、優瑶はいつものように自室で味の薄い粥《かゆ》をすすった。香辛料《こうしんりょう》や薬味は喉によくないそうだ。一人で食べていると、味気のなさがより身に染《し》みる。

夜も更《ふ》けた頃《ころ》、大きな寝台《しんだい》に横たわった。しかし昼夜問わず横になる生活をしているせいか、相変わらずなかなか寝《ね》つけない。寝返りを何度も打って、うつらうつらとしながら、ようやく眠《ねむ》りかけた時だった。

なにやら外が騒がしい。大勢の人が行き交《か》う気配を感じる。そのうちはっきりと怒鳴《どな》り声が聞こえ、優瑶は飛び起きた。

「こっちが息子の離れだ！」

「いいか、死なせるなよ！」

聞き覚えのない男たちの声。かすかな煙臭《けむりくさ》さ。

急いで外に出ると、父と義母のいる正房《おもや》のほうが明るくなっていた。

火事だ。

正房だけではない。あちこちから火の手が上がっている。

優瑶はよろめくように中庭を進んだ。人が右往左往している。

遠く高く上がる紅《あか》い炎《ほのお》、夜空より黒い煙。何かが崩《くず》れる音、男たちの怒号《どごう》。

女たちの悲鳴があちこちで聞こえる。どうも様子がおかしい。

騒然《そうぜん》とした晩秋の夜空に、白い幟《のぼり》がいくつも翻《ひるがえ》る。焰光《えんこう》に照らされる幟は、遠目からでもよく見えた。墨《すみ》で大きく書かれているのは、「義」「仁」の文字。

優瑶は呆然《ぼうぜん》とその幟を見ていた。後ろから誰《だれ》かがやってくる。振《ふ》り向こうとした瞬間《しゅんかん》、目の前が真っ暗になった。

……康弼《こうひつ》五年秋、范州雍耳《はんしゅうようじ》県を代表する質屋の大店《おおだな》であった麦典当舗《マイてんとうほ》は、義賊《ぎぞく》の襲撃《しゅうげき》を受けて全焼《ぜんしょう》した。

優瑶《ヨウヤオ》は冷たい床《ゆか》の上でふと目を覚ました。冷え込む夜は咳が止まらなかったが、いつのまにか眠ってしまっていたらしい。

頭を殴《なぐ》られ、袋《ふくろ》をかぶせられて、どこかに連れてこられた。それから恐《おそ》らく丸二日、座敷牢《ざしきろう》のようなところに寝巻き姿のまま閉じ込められている。

同じ男がちょくちょくやってきて世話をしてくれるものの、ここがどこかもわからず不安ばかりが募《つの》っていた。ひょろりと背が高く、糸のように細い目をした男は、「もう少しの辛抱《しんぼう》だから」と言うが、何を待つのか、待ってどうなるかはよくわからない。

その時、件《くだん》の男の声がかすかに聞こえて、優瑶は体を起こした。

「……少年というにはトウが立っているかもしれませんがね、仙女《せんにょ》もかくやというような美貌ですよ」

「いや、おれは美麗《びれい》な金魚を買いに来たんであって、美童を買いにきたわけじゃない。お前は一応金魚屋だろうが」

知らない男の声だ。よく響く、いい声。

「なーにをおっしゃいますか！　花も恥《は》じらう美少年がいれば高値で買うぞと言っていたのは、先生じゃありませんか！　先生のために仕入れたんですよ！」

糸目の金魚屋は、客と押し問答をしているようだ。だんだんと二人の声が近づいてくる。

「肌の白さは梨《なし》の花！　透き通る瞳は桃《もも》の蜜《みつ》！　なめらかな頰《ほお》は玉のごとし、ですよ」

ひょろりと背の高い金魚屋が揉《も》み手して現れた。横にいる男と思わず目が合う。その瞬間、男は驚《おどろ》いた顔をした。

歳《とし》の頃は二十代半ば過ぎといったところか。膝丈《ひざたけ》までの銀灰色《ぎんかいしょく》の長袍《チャンパオ》に黒い褲子《ズボン》、黒い靴《くつ》という、当世風の出《い》で立ちだ。

顔立ちは端整《たんせい》だが、どこか野性的で泰然《たいぜん》とした雰囲気《ふんいき》を醸《かも》し出している。無造作に捲《まく》られている袖《そで》、ボサボサと言ってもいいほどの髪型《かみがた》のせいかもしれない。

筋張った腕《うで》に絡《から》む赤い紐《ひも》の先には、錆色《さびいろ》のひょうたんがぶら下がっている。そこだけ、前時代的な感じがした。

「……いかがです？　そんじょそこらでは見ない美玉でしょう？　このこぼれ落ちそうな大きな瞳！　楚々《そそ》とした小さな鼻と口！　検分しましたが、もちろん初物ですよ！　玉の肌に散る胸の桜桃《おうとう》は、しゃぶりつきたくなるような愛らしさで……」

金魚屋が、客と思《おぼ》しきその男に囁《ささや》く。優瑶は驚いて、咄嗟《とっさ》に胸を隠《かく》すように腕を回し、うつむいた。いつの間に検分されたのだろう。

どうやら、自分は奴隷《どれい》のように売られているらしい。美少年を買うという言葉を思い出し、顔がカッと熱くなった。

「……彼は、どこから仕入れた？」

男は、喉《のど》の奥で唸《うな》るように声を出した。

「それがなんと、あの高利貸しで悪名高い〝麦鬼《ばくき》〟の秘蔵っ子なんですよ！」

優瑶は思わず顔を上げた。

麦鬼？　高利貸し？　まったく身に覚えのない言葉だ。

だって優瑶は、お役所に年一回出す帳簿《ちょうぼ》を清書していたのだから。とんでもない言いがかりである。

「う、うちは高利貸しじゃ……」

優瑶の喉がまた苦しくなった。ヒュッと息が詰《つ》まる。うまく呼吸ができない。顔に血が上り、激しく咳《せ》き込み始めた。

「おい、大丈夫《だいじょうぶ》か⁉」

男は金魚屋を急《せ》かして牢の鍵《かぎ》を開けさせると、慌《あわ》てた様子で中に入ってきた。抱《だ》きかかえられて背中をさすられるが、咳《せき》が止まらない。ヒュウヒュウと嫌《いや》な音が漏《も》れる。

「ほら、飲め」

男は、手首にぶら下げていたひょうたんを優瑶の口元にあてがった。反射的に一口含《ふく》むと、とろりと甘く、後にほろ苦いような風味が広がる。ごくんと飲み下すと、喉から腹の隅々《すみずみ》まで染み渡《わた》った。

男が心配そうに眉《まゆ》を寄せている。

気がつけば、優瑶は一口、また一口と飲み干していた。腹の奥がカッと熱く、頭がぼうっとする。しかし咳は止まり、優瑶はふうと大きく息をした。

男も安心したのか、その表情が少し緩《ゆる》む。眉も鼻梁《びりょう》も太く、どこか男の色気のようなものを感じさせる整った顔立ちだ。

久々に他人から心配や親切をもらった気がする。自分よりも大きく立派な男の体に包まれていると、胃の底から、何か得体の知れない、もやもやとした妖《あや》しい気持ちがやってきた。

優瑶は潤《うる》んだ目で、熱い息を吐《は》いた。

「……これは……？」

「媚薬《びやく》だ」

男の言葉に、優瑶は目を見開いた。

「いや、冗談《じょうだん》だ」

男は鷹揚《おうよう》に笑い、優瑶の口の端《はし》から伝う液体を、指の背で拭《ぬぐ》った。

「安心しろ。ただの薬酒だ」

からかわれたと知り、ますます顔が火照《ほて》る。さっきは親切だと思ったが、よく考えたらこの男は自分を値踏《ねぶ》みしている最中だ。

優瑶は急いで姿勢を正した。金魚屋が満面の笑《え》みで、着替《きが》え一式をそっと差し出してくる。

そういえば、今は薄手《うすで》の寝巻きのままだった。

「服代も入れて五両でようがす」

「……この子は拐《かどわ》かされたんだろう？　というか、服くらいおまけとして提供しろ」

二人はあれこれと談義し始めた。どうやら、値段のことで揉めているらしい。

「奇貨居《きかお》くべしと言うじゃありませんか！　こんな掘《ほ》り出し物、めったにありませんよ！」

客の男はしれっと返した。

「麦典当舗の話は知っている。主《あるじ》の蔡大人《ツァイたいじん》には悪鬼《あっき》が憑《つ》いていたからな。しかし悪鬼どもは行方《ゆくえ》知れずだ。奴《やつ》らは三魂《さんこん》を喰《く》らっているから、最愛の息子《むすこ》のもとに必ず姿を見せるだろう。つまり、彼をここに置いておけば悪鬼が来る可能性が高い」

優瑶は、大きな目をさらに見開いた。

父に悪鬼が憑いていた？　何かの間違《まちが》いではないだろうか。

「そんなァ、脅《おど》かさないでくださいよ。ぼく悪鬼とは関《かか》わりたくないですよぅ。……じゃ、三両で」

金魚屋が身をよじらせながら、しっかり交渉《こうしょう》する。

「業突《ごうつ》く張りだな。そんなことでは、悪鬼をどんどん呼び寄せるぞ。いや、もう既《すで》に……？」

男がすっと目を細める。

「わーかりましたよ！　二両で結構です」

男はため息をひとつつくと、ひょうたんの紐にぶら下がる、ごく小さな巾着袋《きんちゃくぶくろ》の口を緩めた。親指の先ほどの大きさの袋から、手のひらに収まるくらいの金の神像が出てくる。

「これなら二両に余るだろう」

優瑶は、その様子をぽかんと見ていた。ホクホクとした顔で出ていく金魚屋を目で追っていると、男が笑った。

「ほら、着替えろ。出るぞ」

優瑶は訳もわからず寝巻《ねま》きを脱《ぬ》いで、渡された白い短袍《ダンパオ》と黒い褲子に着替えると、布靴《ぬのぐつ》を履《は》いて男の後に続いた。

外にはほかに牢や檻《おり》がいくつもあって、見慣れない動物や色鮮《いろあざ》やかな鳥が入っている。うずたかく積まれた荷物の合間を縫《ぬ》って歩いていくと、明るい店内に出た。壁《かべ》一面に水槽《すいそう》が積み重なっていて、赤や黄金色《こがねいろ》の金魚がびっしりといる。上を見ると、天窓を覆《おお》うように水槽が取り付けられ、ひらひらと舞《ま》いながら泳ぐ金魚が真下から鑑賞《かんしょう》できるかたちになっていた。

「名前は？　いくつになる？」

突然《とつぜん》男から話しかけられて、優瑶はびくりと体を震《ふる》わせた。そういえば、自分はこの人に買われたのだ。優瑶は視線を落とした。

男の長袍は年季が入っていそうなのに、刺繡《ししゅう》だけは緻密《ちみつ》で立派だった。肩《かた》から胸には竜《りゅう》のような白蛇《はくじゃ》が、裾《すそ》には白虎《びゃっこ》がいる。

「……優瑶《ヨウヤオ》です。蔡《ツァイ》優瑶」

「よい名だな」

「あ、あの、僕は、何をすれば……」

優瑶は、店の外に出る男に話しかけた。

「何って？」

「買われたんですよね、僕……」

男は「うーん」と唸って、空を見上げる。それから裾の刺繍をつまんで引っ張ると、突然大きな白虎が服から飛び出してきた。

――仙術《せんじゅつ》⁉

優瑶は腰《こし》を抜《ぬ》かし、尻《しり》もちをつきそうになった。男が咄嗟に腕を回し、体を支えてくれる。

男はそのまま優瑶の膝裏《ひざうら》に手を入れて横抱きにすると、白虎の背に座らせた。さらに優瑶を後ろから抱《かか》えるようにして、自分も白虎にまたがる。

「よし、帰るぞ」

優瑶の口はぽかんと開いた。

この人は道士なのか。でも、ちっともそれらしくない。道服も着ていないし、髪も短い。

優瑶は目を白黒させながら、背後にいる男を見上げた。男はそれに気がつき、どこかからかうような目に変わる。

「……お前にしてほしいこと、か」

優瑶は、知らぬ間にごくりと唾《つば》をのんだ。

「じゃあ、おれの魂《たましい》を慰《なぐさ》めろ」

男が艶《つや》っぽく笑った。不意に、どくんと心臓が跳《は》ねる。ふと気がつくと、白虎は地面を蹴《け》って空中を駆《か》けていた。

二

白虎は恐《おそ》ろしいほどの速さで、空を駆け抜けた。

優瑶は体をカチコチに強《こわ》ばらせながら、「魂を慰める」という意味をぐるぐると考えていた。

以前読んだ、大人気怪奇《かいき》小説集の一篇《いっぺん》、「尻枕《しりまくら》」を思い出す。

美少年の尻にとり憑かれた変態貴族の猟奇《りょうき》的な話で、微《び》に入り細を穿《うが》つ愛撫《あいぶ》の描写《びょうしゃ》が恐ろしく、それを読んだ晩はお尻がむずむずして寝られなかった。鶏姦《けいかん》がどんなものかを知ったのも、その小説のおかげだ。自分も、あのような性的接待をしなければならないのだろうか。

日が中天からだいぶ傾《かたむ》いた頃《ころ》、頬《ほお》に当たる風がぬるく湿《しめ》り気を帯びたようになった。ずいぶ

ん南に来たらしい。

白虎は緑豊かな水郷《すいごう》の上を飛び、城市から少し外れたところへ向かう。河川《かせん》と園林、建物が複雑に入り組んだ、猥雑《わいざつ》な一角が見えた。その一部を成す五層の楼閣《ろうかく》の最上層に、白虎はそのまま突《つ》っ込んでいく。

「ひぃーッ……」

激突《げきとつ》するのではないかという速度に、優瑶は思わず声を上げた。

白虎は、開け放たれていた窓を器用にすり抜ける。二人と一頭は散らかった部屋になだれこんだ。

着地の拍子《ひょうし》に、優瑶は白虎の背から振《ふ》り落とされた。同時に太い前足で仰向《あおむ》けに押さえられ、大きな舌でべろべろと顔を舐《な》められる。白虎は胸の匂《にお》いを嗅《か》ぎ、やにわに大きく口を開けた。

――く、食われるーーッ！

「やめろ、虎斑《フーバン》！」

白虎は顔を引くと、男を不満げに睨《にら》みつけた。

「……コイツ、美味《うま》ソウ」

優瑶はあわや失神しかけていたが、その言葉でもう一度気絶しそうになった。

「ダメだ。喰《く》ったらこの子の体がたぶん保《も》たない。お前はそこに座れ」

虎斑は男の言う通りにお座りして、大きく舌舐《したな》めずりする。男は、優瑶を抱《だ》き起こしながら言った。

「こいつは虎《とら》に似ているが、狴犴《へいかん》という霊獣《れいじゅう》だ。安心しろ、実際に体を喰うわけじゃない。魂を喰らうんだ」

魂を喰われるのは、安心していいことなのだろうか。

鮮《あざ》やかな空色の瞳《ひとみ》で優瑶を見つめる虎斑は、確かに姿形は虎に似ているものの、少し違うところもある。毛足は全体にふさふさとして長く、尾《お》の先は筆のようだ。

男は虎斑に顔を向け、噛《か》んで含《ふく》めるように言い聞かせた。

「この子はお前の弟分だから、この先も喰っちゃダメだ。舐めるのは、まぁいいだろう」

「オト、ウト……？」

「そうだ。名前は……小猫《シャオマオ》」

「えっ？」

ネコちゃんと呼ばれて、優瑶は戸惑《とまど》った。さっき、名乗ったではないか。

しかし虎斑は雷《かみなり》のように喉《のど》を鳴らして、優瑶の背中に頭をぐりぐりと擦《す》りつけてくる。

「小猫、オレノ、弟！」

生きた心地《ここち》がしない。

男は立ち上がりながら、肩から胸にかけて走る刺繍の蛇《へび》をつまみ出した。

「こいつは縄縄《ションションン》。普段《ふだん》はおとなしいが、ひとにらみされると動けなくなるぞ。その間に魂を喰われてしまうから、気をつけろよ」

頭に毛がフサフサと生えた白蛇はポトリと床《ゆか》に落ち、優瑶の足首にぐるりと巻きついてから、しゅるしゅると部屋のどこかへ消えた。

「気に入られたな。お前の体は恐ろしいほど清浄《せいじょう》な気を漂《ただよ》わせているから、霊獣たちは気になってしょうがないんだろう」

清浄な気とはなんだろう。

甘えてくる虎斑に邪魔《じゃま》されながら、優瑶もなんとか立ち上がった。

「小猫というのは……」

「霊獣に、みだりに本名を呼ばせないほうがいい。魂を喰われやすくなる」

「ではあの、あなたのことはなんとお呼びすればよいですか……？」

男は一瞬《いっしゅん》不思議そうな顔をしてから、照れ臭《くさ》そうに笑った。

「すまない、名乗っていなかったな。羅九《ルオジウ》とでも呼んでくれ」

訊《き》きたいことは、まだあった。

魂を慰めるというのは、夜伽《よとぎ》の遠回しな言い方なのか。家は、いや父は、どうなったのか。悪鬼《あっき》が来るというのは、本当なのか。

優瑶は羅を見ながら、わずかの間固まっていた。

でもまずは、ここでの身の処し方を探《さぐ》らねばいけないだろう。体が弱く、極力目立たないように生きてきた優瑶の選択《せんたく》は早かった。

「慰めるというのは、ぐ、具体的に、何を……」

「そうだな。じゃあ、部屋の掃除《そうじ》をしてくれないか」

「えっ」

優瑶は拍子抜《ひょうしぬ》けした。そんなことで、魂の慰めになるのか。

「見ての通り、散らかっているんだ。実は、おれは片付けが滅法《めっぽう》苦手でな」

羅は真摯《しんし》な顔で言った。その表情で一瞬納得《なっとく》しそうになるが、改めてあたりを見回すと、あまりの惨状《さんじょう》に優瑶は少し呆《あき》れた。

壁際《かべぎわ》には古い甕《かめ》がいくつも置かれ、その上に古布、軸《じく》、書籍《しょせき》類が危《あや》うい加減で積み上げられている。ほかにも、枯《か》れ木、怪《あや》しげな骨や石、玉、弦《げん》の切れた琴《こと》や破れた扇《おうぎ》など、ごみなのかお宝なのかわからない珍妙《ちんみょう》なものであふれかえり、それらが床まで侵食《しんしょく》していた。寝台《しんだい》の上には、服が山になっている。

優瑶は、自室の整理整頓《せいとん》をこまめにしていた。埃《ほこり》が立つと咳《せ》き込むことがあるし、やることもあまりないので、常に自分で清潔に保っていたのである。

自然と険しくなった顔を見たのか、羅はウゥンと咳払《せきばら》いした。

「安心しろ。人は埃じゃ死なない」

「いえ。僕は肺が悪いので、咳が止まらなくなる時があります。埃は時として命取りです」

気まずい沈黙《ちんもく》が流れた。

「……おれは悪鬼を退治することを使命として生きているが、その過程で魂が消耗《しょうもう》する。その養生が優先で、片付けはつい後回しになってしまうんだ。お前には、侍童《じどう》として身の回りのことをしてもらえると助かる」

優瑶《ヨウヤオ》は床に散らばっている筆を見て眉《まゆ》をひそめていたが、「侍童」の言葉に顔を上げた。羅は、それで優瑶の気分が変わったと見たのか、一人で大きくうなずいた。

「これまで、養生する時は馴染《なじ》みの妓楼《ぎろう》に行っていたんだが、自分の家で養生できれば一番よいだろうと思う」

優瑶の眉間《みけん》の皺《しわ》が再び深くなった。義母が高級娼妓《しょうぎ》の出であったから、妓楼にいい印象はない。

しかも改めて見ればこの男、いかにも女好きという風情《ふぜい》をしている。最初は泰然《たいぜん》として見えたが、単にだらしないだけなのではないか。

道士は属する宗派によっては妻を持つ者もいたはずだが、妓楼に通うべしというのは、どの教えにもないだろう。だが女色《にょしょく》に溺《おぼ》れているなら、若い男の尻《しり》に興味はないかもしれない。

ほっとしたら一気に疲《つか》れが出て、倒《たお》れそうになった。ふらつく優瑶の肩《かた》を、羅が支える。

「とりあえず、お前はまず何か食って養生したほうがいい」

優瑶が困惑《こんわく》すると、羅は優《やさ》しく笑った。

二人は地上に降りた。広大な中庭を囲む建物群は長い時間をかけて増築されたようで、あるところでは二階建て、別のところは三階建てになっている。古い時代の華美《かび》な建築様式と今風の簡素なものが混ざり合い、異様な様相を呈《てい》していた。

建物の間には大小の路地もあり、その上を橋のようにつなぐ過街楼《かがいろう》がある。そこもまた、部屋になっているのだ。

ここはさながらひとつの要塞《ようさい》のようだった。実際、三方を水路に囲まれている。

羅はすぐ隣《となり》の建物との間にある、人が一人ようやく通れるくらいの細い路地に入った。突き当たりは水路だ。路地を奥まで進み、ただの住居のように見えるところに入ると、そこは食堂だった。水路に面した側に大きく窓をとっていて、中は意外に明るい。

「好きな席に座っててくれ」

羅に促《うなが》され、優瑶は窓側の席に座った。羅は勝手知ったる様子で奥に入っていくと、店の主人と思《おぼ》しき老人に声をかけた。

「大将、ちょっと借りるぞ」

「あいよ」

たいして広くもない店だ。優瑶のいる席から、厨房《ちゅうぼう》の様子が見える。羅は大鍋《おおなべ》のひとつから汁《しる》をすくって小鍋に移すと、米を一掴《ひとつか》み入れて煮《に》始《はじ》めた。

店の中には何人か客がいた。老人のかけ声で、客ができたばかりの炒《いた》め物を自席に持っていく。ここでは客が自分で料理を取りにいくらしい。

自分の部屋からほとんど出たことがない優瑶にとって、見るものすべてが珍《めずら》しかった。

窓の外に目をやれば、水路脇《わき》に並ぶ柳《やなぎ》が午後の風に時折そよぎ、碧《みどり》の川面《かわも》をかき分けるように小舟《こぶね》がゆったりと行き交《か》っている。

しばらく経《た》って、少しウトウトしかけた時、目の前に湯気の立った粥《かゆ》が置かれた。横に羅が座る。

「今、いくつになる?」

「……十七です」

「歳《とし》の割に目方が軽いな。病的に白いし、手足も冷たい。まずは精をつけたほうがいい」

優瑶は戸惑いながらうなずいた。

棗《なつめ》や枸杞《くこ》が浮《う》く粥を匙《さじ》ですくうと、ほろほろと崩《くず》れそうな鶏肉《とりにく》のほかにも、小豆《あずき》やはと麦、細かく刻まれた山芋《やまいも》が入っている。一口すると、優しい旨《うま》みと生姜《しょうが》の爽《さわ》やかさがふわっと広がった。これまで食べていた米だけの薄い粥とは全然違《ちが》う。優瑶は夢中で食べた。

食べながら、ふと涙《なみだ》が出てくる。こんなにおいしい粥を食べたのは初めてだった。本当はあの家で、いつもお腹《なか》が空《す》いていたのだ。

涙を流しながらうつむいて食べていると、視界に手巾《しゅきん》が入った。羅が横から差し出したものだった。

優瑶はそれを受け取りながら、独り言のようにつぶやいていた。

「……うちの店の名前は、『菽麦《しゅくばく》を弁ぜず』からとったものなんです」

「豆と麦の区別もつかないほど愚《おろ》かである、と？　店名にしては変わっているな」

「自分への戒《いまし》めだと、昔、父が言っていました」

父は、いつから優瑶のところに来てくれなくなったのだったか。

「僕は、自分の家が高利貸しをしていたことも、父に悪鬼《あっき》が憑《つ》いていたというのも、信じられません」

優瑶は借りた手巾で涙を拭《ぬぐ》った。

「僕の家は、どうなったのでしょう」

「……義賊《ぎぞく》に襲《おそ》われ、すべて焼け落ちた」

「父は……？」

「肉体としては滅《めっ》した。魂は、とり憑いていた悪鬼が持ち去った」

羅は体ごと優瑶に向いた。

「人には三魂七魄《さんこんしちはく》がある。心を支える陽の気を魂《こん》、体を支える陰《いん》の気を魄《はく》と言う。普段はどちらかに傾《かたむ》くことなく保たれていなければならないが、ふと崩れる時に悪鬼がとり憑く。奴《やつ》らはまず魄を喰《く》らう。そのうち、魂も喰らって自分の力とする。とり憑いた人間の体がなくなれば、奴らは撃《う》たれたように飛び出して、次の宿主になる人間を探す」

優瑶は目に手巾を当てて、ぐっと嗚咽《おえつ》をこらえた。今聞いた話を、よく理解できていない。

だが一つだけ、確かなことがある。

もう、父は、この世にいないということだ。

「父は……たくさんの人に、恨《うら》まれていたんですね」

そんな人ではなかったのに。

こらえていた嗚咽がこみ上げる。しばらく泣いていた。泣き疲れて、手巾から顔を離《はな》した時、いつのまにか厨房にいた羅《ルオ》がこちらに戻《もど》ってきた。その手には、小さな碗《わん》がある。

梨《なし》を氷砂糖と蜂蜜《はちみつ》で煮たものだった。

「梨は肺を潤《うるお》す。甘味《かんみ》は気血を補い、毒を出す。脾《ひ》と胃を和《やわ》らげて、疲れを取る」

羅が再び隣に座り、包み込むように笑った。

「でも悲しい時にも、甘いものはよく効く」

温かくて甘い梨を食べると、また涙がこぼれた。背中をさすられる。しゃくり上げながらばくばく食べて、気がつけば羅の胸の中でわぁわぁ泣いていた。

目を覚ますと、楼閣《ろうかく》の部屋にある大きな寝台《しんだい》にいた。横には腹ばいで書を読む羅九《ルオジウ》がいる。

外は暗く、寝台のそばの燭台《しょくだい》には火が灯《とも》されていた。

「……起きたか」

優瑶はこの状況《じょうきょう》を呑《の》み込めずに、ぼうっとしていた。ここはどこだっけと記憶《きおく》をたぐり寄せ、そういえば自分は買われたのだと思い出した。

いっぱい泣いて、ぐっすり眠《ねむ》り、疲れているのにすっきりしている。こんな感覚は初めてだった。

あの食堂からどうやって戻ったのかさらに思い出そうとしていると、羅が寝台から起き上がり、虎斑《フーバン》に乗って窓から出て行った。少ししてから、手に盆《ぼん》を持って戻ってくる。

「腹が減っていないか？」

さっきたくさん食べたのに、そう訊《き》かれたら腹の虫がぐうと騒《さわ》いだ。とてもいい匂《にお》いがする。

しかし、部屋の中央に置かれた円卓《えんたく》の上は物がいっぱいだった。

「あっ、片付けます！」

優瑶は慌《あわ》てて飛び起きたが、羅は「大丈夫《だいじょうぶ》」と言うと、盆を持ったままの腕《うで》を円卓の上に滑《すべ》らせた。ガタガタッと、物が一気に床《ゆか》に落ちる。

優瑶は黙《だま》ってその様子を見ていた。優しい人だが、なんでこんなにいい加減なのだろう。

羅は椅子《いす》の背と座面に置いてあった布や服を適当に寝台に放ると、優瑶に座るよう促した。

羅は優瑶の前に温かい麵《めん》を置き、自分は皿に山盛りになった骨つきの羊肉にかじりつく。食べ方は豪快《ごうかい》なのに、汚《きたな》らしく見えないのが不思議だった。

この人はだらしないところもあるのに、動きや表情、しゃべり方に、どこか気品を感じさせる時がある。

「ここ淏州《こうしゅう》はあまり羊を食べないが、おれは好きなんだ。范州《はんしゅう》はどうだ？」

麺の碗に目を落とすと、澄《す》んだ汁の中に羊肉が沈《しず》んでいる。

生まれ育ったところから今はだいぶ遠くにいるのだなと思いながら、優瑶《ヨウヤオ》は一口汁を飲み、肉を頬張《ほおば》った。独特の風味があるが、柔《やわ》らかく甘みがある。出汁《だし》もしつこくなくて、あとを引くうまさだ。

「……あの、僕は今まで米の粥しか出されなかったので、ちょっとわかりません。でも、この肉はおいしいです」

羅は驚《おどろ》いた顔をしたが、「好みが合って何よりだ」と言った。

「食べたら、肺の薬をもらいに行こう」

優瑶は幅《はば》の広い麺をすすりながら、こくこくうなずいた。実は、いつまた発作《ほっさ》が起きないかと不安だったのだ。薬か、せめて咳止《せきど》めの茶が欲しい。

体のことを心配されていると思うと、骨の髄《ずい》にまでじんわりと温かさが沁《し》みてくるようだった。でもどうしてこんなによくしてくれるのだろう。

優瑶は小さい頃《ころ》、「この世間はすべて唇歯輔車《しんしほしゃ》の関係同士」と父からよく聞かされたものだった。持ちつ持たれつ、互《たが》いに利益を与《あた》えては貪《むさぼ》るのが道理なのだ。

羅は甕《かめ》から酒を注ぎ、手酌《てじゃく》で飲んでいる。

「……僕が何かできることはあるでしょうか」

「じゃあ、酌でもしてくれ」

優瑶は慣れない手つきで酒を注いだ。羅はその様子を見て、いかにもおかしさをこらえきれないといった感じで笑い出した。

「人からお酌されるお酒は、味が違うのですか」

「あぁ。特に美しい者に注がれると、酔《よ》いがすぐ回る」

羅は冗談《じょうだん》めかして笑ったが、優瑶は顔を赤らめた。なんだか変な気分だ。

しかも、この部屋におんぶされて戻ってきたのを、今突然《とつぜん》思い出した。よく考えたら、この人の胸を借りて大泣きしたのだった。それで寝《ね》てしまったのだ。小さい子のように。

優瑶は、自分を買った男をまじまじと見つめた。優《やさ》しくしてくれるのは、やはり何かの見返りを期待しているからか。

ふと、あの怪奇《かいき》小説を思い出す。美少年の尻《しり》を愛好する変態貴族も、妻子持ちの両刀だった。この男も妓楼《ぎろう》通いをしているとて、少年に興味がないとは言い切れない。

「そ、その……僕は、夜、尻枕《しりまくら》などしたほうがよろしいのでしょうか」

「何枕だって？」

呆《あき》れた声で訊き返され、優瑶はさらに赤くなった。

「僕は、こうしたことは初めてなので、よくわからないんです」

羅は思案顔で顎《あご》に手をやった。

「……単刀直入に訊くが、おれと枕を交《か》わしたいと、そういうことを望んでいるのか？」

優瑶は顔の前でばたばたと両手を振《ふ》った。

「ち、違《ちが》います！　まったく望んでません！　でも、美……少年がいれば買うと言っていたと……ッ、ゲホッ、ゲホゴホ」

焦《あせ》ってしゃべったせいか、むせて咳《せき》が出た。羅が瞬時《しゅんじ》にやってくる。

面倒見《めんどうみ》のいい男は目の前でしゃがみこむと、丸まった体を抱《だ》き寄せて、背中を軽く叩《たた》いた。

優瑶は渡《わた》された水をゆっくり飲み、大きく息をした。

「……ありがとうございます」

間近で、ばちっと目が合った。優瑶は何回かまばたきをして、つい目を逸《そ》らした。なんだか無性《むしょう》に恥《は》ずかしい。

この人の真意をはかりかねる一方で、きっと介抱《かいほう》してくれるはずと、無意識のうちに期待していた自分がいる。

羅は、体を離して苦笑《くしょう》した。

「美少年うんぬんは、女除《よ》けの方便だ。金魚屋は女衒《ぜげん》もしているから」

「馴染《なじ》みの妓楼というのは……」

「その時は疲《つか》れ切っているから、誰《だれ》かと枕を交わすことはない。それに万一子ができたら困る」

子どもを作りたくないなら、少年を買うという選択肢《せんたくし》もあるのではないか。

まだ腑《ふ》に落ちない顔の優瑶を見て、羅はふっと笑った。

「安心しろ。男だろうが女だろうが、契《ちぎ》りを結ぶことは絶対にない」

「戯《たわむ》れではしないということですか？」

羅は一瞬言葉に詰《つ》まり、視線を横にやった。

「それもないし……おれは誰かを愛することなどできないから」

立ち上がった男の顔に、深い諦観《ていかん》めいたものがよぎった。しかしそれは刹那《せつな》のことで、羅はすぐにいつもの大らかな笑《え》みを浮《う》かべた。

「ほら、温かいうちに食べろ。食べたらすぐ出るぞ」

優瑶は口をキュッと結んでうなずき、麵を食べることに集中しようとした。それなのに、今の言葉がなぜか胸にひっかかる。

……人を愛せないのは、どうしてなのだろう。この人自身は魅力《みりょく》にあふれている。これまでに、羅を好きになった者もきっといただろう。

ほっとした気持ちの上に、ひとひらの寂《さび》しさが落ちる。でもなぜ寂しいと思ったのか、優瑶は自分でもわからなかった。

外に出ると、提灯《ちょうちん》があちこちに灯《とも》り、夜でも人の出が多くて賑《にぎ》やかだった。燕幕城《えんばくじょう》と呼ばれるこの場所は、二百以上もの小さな家と店がひしめきあっているらしい。生活に必要なほとんどがここで賄《まかな》えるとなると、もはや一つの城市のようなものだ。当然医院もこの建物群の中にある。

「夜も医院がやっているのですね」

「本来は時間外だ。でも開けてもらう。人気があるところで、昼は大行列なんだ」

優瑶はその強引《ごういん》さにちょっと驚いた。そういえば、食堂の厨房《ちゅうぼう》も使っていたし、道士というのは、勝手が許されている立場なのか。

羅《ルオ》は「馬化医院《マーファ》」と立派な木の看板がかかるところに到着《とうちゃく》すると、厚い扉《とびら》を開けた。

「馬《マー》先生、ちょっと診《み》てもらいたいんだが」

間口が狭《せま》く、奥に長い作りの部屋だった。その中ほどに、古風な長衣をゆったりと纏《まと》い、眼《め》鏡《がね》をかけた白猿がいる。優瑶は目を疑った。

「どうしたんだね、急患《きゅうかん》かい？」

しかし、一瞬猿に見えた医者は、猿によく似た小柄《こがら》な男性だった。

「彼の咳がひどい。肺を病《や》んでいるそうだ」

優瑶は座敷《ざしき》に通され、脈や舌を診られた。

馬先生は眼鏡の奥の目をキラリと輝《かがや》かせて、羅を見る。その横顔は、やっぱり猿である。優瑶は眉間《みけん》に皺《しわ》を寄せて目を凝《こ》らした。

「ずいぶん珍《めずら》しい子を連れて来られたな」

「彼の清浄《せいじょう》な気はどうしてだと思う？」

「ふむ……今まで、どんな薬を飲んでいたかね」

こちらに振り向いた馬先生の顔は、猿によく似た初老の男性だ。優瑶は内心首をひねりつつも、ゆっくりと答えた。

「丸薬の名前はわかりませんが、玉《ぎょく》や真珠《しんじゅ》の粉の入ったものを毎日飲んでいました。咳がひどい時は、五虎湯《ごことう》や清肺湯なども飲みました」

羅が驚いたように言った。

「玉を飲んでいたのか！　だから異様なまでに邪気《じゃき》がないんだな」

「確かに玉は五臓百病に効くと『神農本草経』にある。『名医別録』では玉屑《ぎょくせつ》は喘息《ぜんそく》を除くとも言う。けれどもね、一番効くのは悪鬼避《あっきよ》けだ。肺に効くかは実際怪《あや》しい」

馬先生は、優瑶に言った。

「雄黄《ゆうおう》も飲んでいなかったかい？　丸薬に黄色い粉が混ざっていなかったかね」

「丸薬自体が黄色でした」

そういえば、黄色の細長い石が集まったような鉱物も、削《けず》って薬としていたはずだ。

部屋にあったその石の存在を話すと、馬先生は大きくうなずき、黒いしみがいくつか浮き出る優瑶《ヨウヤオ》の手のひらを見て「これは、その中毒だ」と言った。

「咳も、雄黄の毒によるものだろう。足の裏にも、同じように黒い斑点《はんてん》が出てるんじゃないかね？……最近の西南諸国では医術が進んでいてね、雄黄の害が知られている。砒素《ひそ》と呼ばれてるんだったかな。我が国でも昔から、薬も過ぎれば毒となると言うんだ。雄黄はその典型だ。毎日飲み続けていたら、五臓が蝕《むしば》まれて早晩死んでいただろう」

優瑶は、ぽかんとした。

咳のひどさは生まれつきのものだと思っていた。小さい頃からそうだったと聞かされていたからだ。

でもここまでひどくなってきたのは、確か十を過ぎた頃。薬を再び飲むようになったのは、父が再婚《さいこん》してからのことだ。

「医者が君を直接診たのはいつかね」

優瑶は返答に窮《きゅう》した。医師の往診《おうしん》はなく、出された薬を飲むだけの日々だった。

「脾《ひ》も肺も虚《きょ》に寄りすぎている。胃腸も冷えて弱っているね。そういう人に五虎湯は強すぎる。まずは気を補って、体から毒を出したほうがいい。実際に診たら、普通《ふつう》の医者ならみんなそう言うだろう」

薬をもらって医院を出るまでの間も、優瑶はずっと落ち着かない気分だった。

きっと、毒を盛られていたわけではないだろう。雄黄は薬に使われていると馬先生も言っていた。でも医師に診てもらえてはいなかった。

それでも、父と義母が、自分を死なせようとしていたとは考えたくない。

歩きながら、羅が訊《き》いた。

「どうして医者は来なかったんだ？　薬は飲んでいたんだろう？」

「わかりません……。何か行き違いがあったのかもしれないし……。わざとだとは、思えないです」

羅は難しい顔をしてチラリと優瑶を見た。通った鼻筋に、不夜城を彩る提灯の明かりが反射する。

「そう信じたい気持ちもわかるが……人の悪意に敏感《びんかん》であるというのも、生きていく上では必要な能力だ」

胸の中がチクチクと痛んだ。自分がそこまで疎《うと》まれていたのだと認めるのは、悲しくつらいことだ。だからわざとだと思いたくはないのだろうか。

「……確かに、他《ほか》の人から見た父の姿のほうが、正しいのかもしれません。でも僕は、父も義母も悪意があってしたことではないと信じたいんです」

羅は眉《まゆ》を寄せて口を結んだ。

「身内だから、というのもあるんですけど……僕は父の優《やさ》しいところを知っているし、義母も猫《ねこ》はかわいがっていました。そういう人たちのことを憎《にく》み切れないというか……」

「動物をかわいがっているからといって、そいつがいい人間だとは限らないがな」

羅は冷めた口ぶりで言ったが、物思いに沈《しず》んだような優瑶の顔を見ると、すぐに声の調子を上げて明るく言った。

「まぁ、お前がそう思うのなら、それもお前にとっての真実かもしれない」

優瑶は視線を上げて、自分よりも高いところにある羅の顔を見た。やっぱりこの人は、とても優しい気がする。

「それに玉が部屋にたくさんあったのだな？　お前の父は、お前の部屋には近づけなかったんじゃないか？」

そういえば、父は再婚してから部屋に来なくなった気がする。でもそれはしょうがないことだとも思っていた。昼も夜も仕事があるだろうし、妻もいる。

「確かに、最近はほとんど来ませんでした。僕がたまに正房《おもや》のほうに行っても、旦那《だんな》様は忙《いそが》しいからと会わせてはもらえなくて……。でもそういう日の夜には、いつも流行小説などが手紙と一緒《いっしょ》に付け届けされました」

手紙を読めば、父が優瑶の身を気にかけ、心配してくれているのは伝わってきた。優瑶の訪《おとず》れも、毎回仕事が終わってから知らされているらしかった。

でも手紙を書く時間があるなら、一目会いに来てくれたらいいのにと、同じ敷地《しきち》の中で優瑶は毎回思っていた。

とはいえ優瑶が書く手紙をちゃんと読んでいたのか、いや、そもそも届けられていたのかどうかも定《さだ》かでない。父から手紙で訊かれたことを答えているのに、また同じ質問があったりして、嚙《か》み合わなかったからだ。

悲しくて寂しかったのに、それもいつのまにか、慣れてしまっていた。

「……悪鬼《あっき》は、玉を嫌《きら》うのですか」

「ああ。逆に霊獣《れいじゅう》は玉を好む。猫にまたたびをやるようなものだ」

だから虎斑《フーバン》がやたらと顔を舐《な》めたのか。

羅は顎《あご》に手をやり、考え込んでいた。

「あの邸《やしき》には凄《すさ》まじい邪《じゃ》の気配があった。三体の悪鬼の存在を感じた。でもその中で唯一《ゆいいつ》清浄な場所があった。あれはお前の部屋だったのだな。憑《つ》かれていたら玉を見るのも嫌《いや》なはずだが、お前の薬にするためだけにわざわざ買ってたんだろう。悪鬼に憑かれても、子を想《おも》う心は残るのだな……」

「先生は、うちにいらっしゃったことがあるんですか？」

「ああ。范州《はんしゅう》に強い妖気《ようき》ありと聞き、麦典当舗《マイてんとうほ》の主人がその源と突《つ》き止め、いろいろ調べてから下見に行ったことがある」

悪鬼がいたから、父はおかしくなったのだろうか。

ふと気がついた優瑶は、勢いこんで訊いた。

「父が、裏で高利貸しをするようになったのは、悪鬼にとり憑かれたせいなのでしょうか!?」

興奮したせいか、優瑶はふぐっと息を変に飲み、またむせた。羅《ルオ》がひょうたんを優瑶の口にあてがう。優瑶は喉《のど》を上下させて飲みこみ、息を吐《は》いた。

「……すみません」

優瑶が落ち着いたのを見てから、羅はきっぱりと言った。

「悪鬼は金を欲《ほっ》しない。貪《むさぼ》りたいのは人の欲や苦しみだ。お前の父には、人をいたぶりたいという悪鬼も憑いていただろう。だがな、誰《だれ》にでもとり憑くわけじゃない。奴《やつ》らにつけこまれる原因が、その者にあったということだ」

優瑶はハッと羅を見上げた。羅はどこか達観した表情で、優瑶を見ていた。

「だがお前に詫《わ》びの手紙を書いていたというなら、やはり子を愛する気持ちもどこかに残っていたんだろうと思う。それは蔡大人《ツアイたいじん》の魂《たましい》だ。それを喰《く》らったばかりの三体の悪鬼は、蔡の魂が執着《しゅうちゃく》するところ——一人息子《ひとりむすこ》のお前のもとに恐《おそ》らくやってくる。虎斑が、お前の魂を美味《うま》そうと言っていた。霊獣も悪鬼も、喰いたいものはみな同じ。強く、純粋《じゅんすい》な魂だ」

優瑶は不安になり、地面に視線を這《は》わせた。

「でも、父が僕を本当に愛していたのかは……」

「愛されていなければ、お前の魂がそれほど純粋であるはずがない」

ぶわっと心の中に風《ふ》が吹いて、何かが舞《ま》った。しかし優瑶はそれをあえて無視した。

強すぎる喜びやうれしさは、いつも咄嗟《とっさ》に抑《おさ》えこむ。それは、あの家で息をひそめるように暮らすうちに染《し》みついた、思考の癖《くせ》だった。

「それは、玉《ぎょく》を飲んでいたせいでは……」

「身に纏《まと》う清浄《せいじょう》な気は玉のせいだな。でも魂は別の話だ。霊獣が美味そうだという魂はなかなかない。強いだけじゃなくて、綺麗《きれい》じゃないとな。普通、そういう魂を持つ者に悪鬼はとり憑けないもんだが、恐怖《きょうふ》を与《あた》えて動揺《どうよう》させれば、喰う隙《すき》も生まれる」

「じゃ、じゃあ、悪鬼はこれから僕を食べに来ると……？」

青ざめた優瑶を見て、羅はゆったりとした声で言った。

「安心しろ。おれがお前のそばにいる」

優瑶は思わず足を止めた。初めて知る、守られているという安心感。それは大きな毛布に似ていて、強《こわ》ばっていた心と体をふわっと緩《ゆる》ませる。

横を歩いていた羅は、優瑶が動かないことに気づき、「ん？」と顔を覗《のぞ》き込んできた。その表情はどこまでも優しげだ。

「どうした？」

「な、なんでもありません……」

喜びやうれしさを、ここでは取り上げられることはない。自分の中に舞う、浮《う》き足立つような好意のかけらを、優瑶《ヨウヤオ》はぼんやりと胸の内で感じていた。

優瑶は、ぱっと目を覚ました。足の裏をペロペロと舐められている。外はようやく明るくなったばかりだ。

虎斑がどんと寝台《しんだい》に乗り、横に寝《ね》ていた羅九《ルオジウ》をぐいっと脇腹《わきばら》で押して床《ゆか》に落とすと、優瑶の顔を舐めてじゃれついた。

「わかったよ、虎斑！　起きるよ」

ここに来て三ヵ月。

虎斑にはもう慣れたが、早朝から散歩の催促《さいそく》をするのが困りものだった。優瑶が来る前は、勝手に外に出ていたらしい。

落とされた羅が額に手をやり、忌《い》ま忌ましそうにつぶやく。

「このドラ猫が……ッ、敷物《しきもの》にするぞ！」

急いで身支度《みじたく》をした優瑶は、「行ってきます」と言い置いて虎斑の背に飛び乗った。

優瑶は今、羅が飼っている生き物の世話をしている。

この五層の楼閣《ろうかく》は、最上層に羅が住んでいて、そのひとつ下の層には虎斑と獅子《しし》の仔《こ》のような生き物が、さらにその下には鸚鵡《おうむ》や大きな鷺《さぎ》のような鳥たちがいた。地上から二層目には白《はく》蛇《じゃ》の縄縄《ションション》や亀《かめ》、基底部には巨大《きょだい》な金魚がいる。床を貼《は》らず、地面を掘《ほ》り下げて水路から水を引き、池をしつらえているのだ。

少し変わった生き物は霊獣だが、ほかはちょっと長生きしている普通《ふつう》の生き物だ。羅の魂を少しずつ注ぎ、長生きさせて、いずれ霊獣にしようと育てているらしい。しかし普通の生き物はまだ餌《えさ》も必要で、食堂からもらう残飯などを与えている。

虎斑は優瑶を背に乗せて燕幕《えんばく》城の空をぴょんぴょんと駆《か》けると、いつもの食堂前で降りた。優瑶は餌用の野菜クズと朝食の粥《かゆ》をもらい、再び虎斑に乗って楼閣の最上層に運んだ。羅はまた寝ている。朝に弱いのだ。

優瑶は粥を円卓《えんたく》に置くと、羅を起こした。

「先生、朝ごはん、持ってきましたよ」

「うぅん……」

虎斑に起こされるのを嫌う羅は、意地汚《いじきたな》く二度寝する。そうなると、寝起きがすこぶる悪い。それでも「叩《たた》き起こしてくれ」と事前に頼《たの》まれているので、優瑶は起こさざるを得ない。

「起きてください」

体を揺《ゆ》さぶると、羅はぐいっと優瑶の手首をつかみ、自分のほうに引き寄せた。

「ちょっと……あっ」

さほど強く引っ張られたわけでもないのに、なぜか体がふにゃりとなって寝台に押し倒《たお》された。これもよくある事態だが、まだ慣れない。

羅は優瑶を前から抱《だ》き寄せ、子犬のように首元に顔を埋《うず》めてくる。

「もうちょっと、寝る……」

「寝かせたままだと、起こして欲しかったって、いつも後で言うじゃないですか……！」

羅はぐりぐりと顔を寄せた。形のよい鼻や唇《くちびる》が、首筋の柔《やわ》らかい皮膚《ひふ》に直接当たる。

まるで虎斑だが、霊獣にされるのとは違《ちが》って胸の中が落ち着かない。しかも信じられないことに、この人は寝ぼけている間のことを一切《いっさい》覚えていないのだ。

優瑶はドキドキする心臓を落ち着かせようと、大きく息を吐いた。

「お粥冷めますからっ」

だが体を起こそうとする優瑶を阻止《そし》すべく、羅が脚《あし》をかけて押さえ込んでくる。全身が密着し、股間《こかん》がグッと当たって、優瑶は赤面した。誰とも契《ちぎ》らないと言っていた男の体は、朝大抵《たいてい》元気に漲《みなぎ》っている。

これまで優瑶の体調は悪いことがほとんどで、体の昂《たかぶ》りを感じることはあまりなかった。しかしここに来て、体質に合った薬と滋養《じよう》のある食べ物をたっぷり与えられているせいか、最近は朝に少しむずむずした欲望を覚える時がある。特に今のような時は、羅につられて反応してしまいそうになるのだ。

相手は男性なのに、と頭ではわかっているのに、体が反応する。

ぎゅっと抱きしめられて、優瑶は激しい胸の高鳴りを感じた。かろうじて声を出す。

「先生、重いですっ……」

「うるさい」

耳に口をつけて囁《ささや》かれ、そのまま頬《ほお》にまで唇が滑《すべ》り、ちゅっちゅっと口づけられた。こんなことは初めてで、優瑶の頭と体が、カッと熱くなる。

そこに虎斑《フーバン》がのっそりやってきて、牙《きば》を立てて羅の後頭部に嚙《か》みついた。

「痛《い》ッてーーッ！」

ガバッと羅が起きた。

「小猫《シャオマオ》、オレノ、弟」

顔を真っ赤にした優瑶と牙を剝《む》き出す虎斑を見て、羅は事情が吞《の》み込めない様子だった。

「朝ごはん、食べましょう……」

優瑶は目を伏《ふ》せて言った。羅は優瑶と粥を見て、大きな笑顔《えがお》を見せた。

「あぁ。美味そうだな」

優瑶は小さくうなずいて、席についた。

寝起きの悪さに巻き込まれて、抱き枕《まくら》にされたことはもう何度もある。でも人を愛せないと言うくせに、人肌恋《ひとはだこい》しいなんて、ちょっとずるいのではないか。

毎回モヤモヤするのだが、笑いかけられるとどうでもよくなってしまう。気持ちがふわふわと舞《ま》って、もっと笑ってほしくなってしまう。それに昼と夜の食事は羅《ルオ》が作ってくれることも多いから、これくらいのお世話はがんばろう、と結局は思うのだ。

でもさっきのアレは、どういうことなのか。別に嫌《いや》ではないけれど、誰《だれ》にでもするようなことは思えない。親愛の情というには、過剰《かじょう》な気がする。

モヤモヤは大きくなるばかりで止《とど》まる気配を見せない。とはいえ、それを口にするのは憚《はばか》られた。

どうせ今日だって、何も覚えていないのだろうから。

「瑶瑶《ヤオヤオ》、どうして虎斑はこんなに怒《おこ》ってるんだ?」

最近は愛称《あいしょう》で呼ばれていて、起きている時も距離《きょり》が縮まっているのは確かである。優瑶はどう言おうかと逡巡《しゅんじゅん》した。

「羅先生は、起きるまでのこと、何も覚えてないんですよね……?」

「起きる前は、寝ているからな」

さすが道士、わかったようなわからないような答えである。

「僕のこと、抱き枕にしてます」

ここに来た最初の夜、睡眠時《すいみんじ》や明け方に咳《せき》が出ることが多いと言って以来、発作《ほっさ》を心配した羅は一緒《いっしょ》に寝ている。

でも寝入りばなは、ただ横に並んでいるだけだ。寝起きが悪いのだ。

羅は少し真剣《しんけん》な表情になり、「……悪かった」と謝った。

「本当に覚えていないんだ。今夜から、おれは虎斑の上で寝ることにする」

「絶対イヤダ」

虎斑はぷいっと部屋を出て、階段を下りていった。

優瑶はまたモヤモヤした。抱き枕にされたことは嫌ではない。羅が実態を認識《にんしき》していないことが不満なのだ。

無意識のうちにやることは、心の奥底でそうしたいと思っていることなのではないか。本当は、誰かと抱き合いたいと願っているのではないか。

……その誰かとは、別に優瑶でなくてもいいのかもしれないが。

「あの、羅先生が僕を買われたのは、僕を狙《ねら》ってくる悪鬼《あっき》を退治するためなんですよね？」

「まぁそうだな」

「じゃあ、僕は先生をお慰《なぐさ》めするために買われたのではないのですよね」

一緒に過ごすようになり、初めて正面から訊《き》いてみた。羅は粥を食べる手を止めて視線を上げ、所在なく動かした。

「うーん……」

珍《めずら》しく歯切れが悪い。優瑶はドキドキした。

もし慰めになるという目的もあって買われたのだったら、それは羅の中で優瑶《ヨウヤオ》じゃないとダメなのだと思わせる何かがあったということではないか。

「あのな……おれにとっては、こうして一緒に食事をとることも慰めになる。酌《しゃく》をしてくれるのもそうだし、虎斑とお前がじゃれているのを見てもそうだ。おれは久しく一人だったから、誰か生活を共にする相手がいてもいいなという気持ちもあったことは、否《いな》めない」

特に自分でなくてもよさそうな理由で、優瑶は少しがっかりした。

羅は気まずそうに「すまないな」と謝る。なぜ謝られるのかわからず、優瑶は目を落とした。

「……たとえ記憶《きおく》になくても、僕を抱き枕にする時、先生は寝《ね》ながら癒《いや》されているのではないでしょうか」

「確かにな……」

羅は顎《あご》に手をやって考え込んだ。

「ですので、僕は、先生を慰めるのを仕事にします」

「えっ、なんだって？」

「僕、仕事をしたいんです」

これでも一応、家業の手伝いはしていた。さらに体力が少しずつついてきた今、わずかなことでも羅の役に立ちたかった。

「先生を癒すことが仕事であれば、先生も変に罪悪感を持ったり、遠慮《えんりょ》せずにすむでしょう？」

羅は何か言いたそうな顔をして優瑶を見ていたが、優瑶はそれに気がつかないふりをして、小さな帳面を持ってきた。羅の部屋を片付ける過程で出た大量の反古《ほご》がもったいなかったので、糸で綴《と》じていくつか帳面を作ったのだ。

「ここに、先生が癒しを感じることを一覧にして、点数をつけます。一点が一文換算《かんさん》です。ではまず、一緒に食事をすることを三点とします。お酌は何点になりますか？」

「え……四点くらいかな」

「虎斑とじゃれる蔡《ツァイ》優瑶を見る」

「三点」

「添《そ》い寝」

「五点」

「……という感じで、先生がこちらに基準表を作ってください。僕がそれを提供したら、何日に何をしたので何点、と記録をつけていきます」

羅は呆《あき》れたような、感心したような、どちらともつかない顔をした。

「……きっちりしてるな」

「質屋《しちや》の息子《むすこ》ですから」

優瑶はさっさと食べ終わると、墨入《すみい》れと筆を羅に渡《わた》し、自分は追加の墨をすり始めた。

羅は帳面を見ながら、難しい顔をしている。

「こう……癒しに値段がつくのは、何か違《ちが》うような……」

優瑶はピタリと手を止めた。やっぱり、言うべきことは言わねば、相手には伝わらない。

「先生は、今朝、僕を抱《だ》き枕にして、頰に口をつけました」

羅が驚《おどろ》きに目を見開く。その顔が小憎《こにく》たらしい。

「おれはそんなことはしていない」

「う、嘘《うそ》じゃありません！　虎斑に訊いてみてください！」

羅は愕然《がくぜん》としてから、いかにも失敗を悔《く》いる顔で額に手をやった。優瑶は少し赤くなりながら硯《すずり》に目を落とした。

「でも……十点くらいいただけるなら、別にいいです、僕……。ほっぺだし」

点数のためという名目で、それが別に嫌ではないということをうまく伝えたつもりだった。

しかし羅は「蔡優瑶」と険しい顔で呼んだ。

「自分を安売りするな」

朝、ちゅっちゅっと頰をついばんできた張本人に言われたくない。

「安売りはしていません！　せ……先生は、先ほど、寝ながら癒されているかもしれないという話に、納得《なっとく》されてたじゃないですか！」

羅は腕組《うでぐ》みし、目をつむった。

「……確かに、おれの記憶はないが、その間おれはいい思いをしているのだったら、お前にも何か見返りがないと不公平な感じはする」

別に見返りなんて本当はいらない。羅が、自分の無意識の行動を認識してくれるのならそれで充分《じゅうぶん》だ。

でもこうやって点数化するほうが、お互《たが》い変に気を遣《つか》わずにいられるような気がした。

「それで、僕の代金は二両でしたが、実際は四両くらいお支払《しはら》いされているので、一応その分までは働いてお返ししようかと……」

「待て待て待て」

羅は帳面に線を引く優瑶の前に手を差し入れた。

「なぜ四両ということになっている？」

「お代として渡されたあの神像、金の目方で言えば確かに二両くらいの価値だと思います。でもあれは旧王朝……麟《りん》時代の様式のものですよね？」

「そうだが……」

「近年、麟時代のものがまた流行《はや》ってきているそうです。今は、装飾《そうしょく》を削《そ》ぎ落としたものが良しとされているでしょう？　そういう空間の中に、旧王朝の煌《きら》びやかな物を置くのがおしゃれらしいですよ。特に小さめのものは人気です。だから査定の時、値付けが高くなります。僕はチラッとしか見てませんが、あの神像には工芸的価値が乗って、四両くらいで売れるのではないかと思います」

「なんだと！　それは確かなのか？」

「僕は店頭に立ったことはありませんから、断言はできません。でも十になる前から金の条を持たされて目方当てをさせられていましたし、咳《せき》がひどくなってからは、どんなものをいくらで値付けしたかというような書類を清書していましたから」

金条は、金をのばして棒状にしたものだ。真贋《しんがん》を見分けられるように、という父の教育方針により、優瑶は小さい頃《ころ》から金や貨幣《かへい》をおもちゃにして遊んでいた。本物だけを知っていると、偽物《にせもの》に触《ふ》れた時に「違う」と感覚的にわかるからだ。

羅《ルオ》は唖然《あぜん》とした顔をして、次に眉間《みけん》に皺《しわ》を寄せ、人差し指を空中でくるくる回した。

「おれは……あれだ、その……そういう細かいカネの話だとかそういうのは……」

「苦手？」

羅がうなずいて、書棚《しょだな》の引き出しから大きな帳面を出してきた。

「実は……家賃の集金が滞《とどこお》っていてな……。手元にある小銭《こぜに》が心許《こころもと》ない」

歯切れの悪い羅からあれこれ聞き出し、優瑶は驚いた。

なんと羅は、この燕幕城《えんばくじょう》の地主だったのだ。

「この広い敷地《しきち》、全部先生のものなんですか!?」

優瑶が血相を変えて思わず立ち上がると、羅は目を明後日《あさって》のほうに向けて首を掻《か》いた。

「まぁ……一応、父祖伝来の土地で……おれは古い王族の血を引いているというか……」

「王族⁉　すごいですね……！」

どこか品のよさを感じさせるのはその出自のせいなのかもしれない。それに大家だから、食堂や酒屋、医院などあらゆるところで融通《ゆうずう》をきかせてもらえるのか。

目を丸くすると、羅は「そんなことよりな」と身をぐいっと乗り出した。

実は、二百以上いる借り手のうち、自主的に毎月家賃を納めにくるものは半分くらいだという。持ってきたら一応帳面に署名するのだが、羅も借り手もそれを忘れる場合が多い。そのため誰《だれ》がいつ持ってきたかもあやふやで、取り立てにもいけない。

話を聞き、優瑶は頭を抱《かか》えた。

「……それなら、僕が記録をつけます」

「そうしてくれると、非常に助かる」

羅は大きな笑顔《えがお》を見せた。

三

昼過ぎに優瑶が家賃の回収から戻《もど》ると、羅は珍《めずら》しく部屋にいなかった。

ここに来て半年が経《た》ち、以前は半日ほどしか起きていられなかった優瑶《ヨウヤオ》も、一日動いていられるようになっている。この燕幕城の中で、虎斑《フーバン》と一緒《いっしょ》に動いていれば、どこにでも行っていいと言われていた。

虎斑といると、街の人はみな羅九《ルオジウ》の使いとすぐに認めてくれた。虎斑はもともと嘘を嗅《か》ぎ分けて裁きと力を好む霊獣《れいじゅう》で、住人が居留守を使ったり、嘘を言うと牙《きば》を剝《む》き出して唸《うな》る。家賃回収にはもってこいの相棒だった。

優瑶は羅の部屋にある小さな壺《つぼ》の蓋《ふた》を開け、回収した家賃を入れた。小銭は一切《いっさい》音をさせずに吸い込まれていく。この壺は、見た目と違って中がとてつもなく大きいらしい。

出納帳《すいとう》をその壺の横にきちんと置いた時、羅が酒の甕《かめ》を抱えて帰ってきた。

「あ、先生、南五号区の家賃の回収が終わりました」

「おぉ、手間をかけたな！　昼飯にしよう」

優瑶は古酒の甕を一瞥《いちべつ》すると、羅がもう片方の手に下げていた籠《かご》を受け取り、中の料理を円《えん》卓《たく》に並べて言った。

「また劉《リユウ》さんのところでツケ払《ばら》いにされましたね」

「うん。まずかったか？」

優瑶はすぐには答えず、ゆっくりと椅子《いす》に座った。

「羅先生」

静かな呼びかけで、椅子にドカッと座った羅は神妙《しんみょう》な面持《おもも》ちで姿勢を正した。

「前にも言いましたが、劉さんが払《はら》うお店の家賃より、先生がお酒を買っている分のほうが多いんですよ。でも劉さんは、大酒飲みの道士先生の手元に小銭がないのを知っていらっしゃるので、次に払う家賃分と相殺《そうさい》しているんです。その額、実に三年分です」

「劉に、美味《うま》くて安い酒をがんばって探せと言っておいてくれ」

「ツケというのは、本来年をまたいではいけません！　劉さんの店の帳簿《ちょうぼ》が、きちんと締《し》められないでしょう⁉」

優瑶がパシッと卓《つくえ》を叩《たた》くと、羅は目を閉じた。細かい話になると、羅は文字通り、いつも目を瞑《つぶ》る。

「だから僕は、回収した家賃から、劉さんに徐々《じょじょ》に返しているんです」

そもそも、ここの家賃自体が破格だった。加えて貧しい家庭がほとんどなので、そういうところから無理に取り立てたりはしない。だから大家のもとに、毎月大金が入るわけではない。

しかし、羅が持ち歩いているひょうたんと一緒に下がる小さな巾着《きんちゃく》、あの中にいろいろなお宝が入っているのではないかと優瑶は睨《にら》んでいた。だが羅がそれを出さない以上、こちらが口を挟《はさ》む立場にはない。

あの時は優瑶を簡単に買ったように思っていたが、結構な支払いをしたのだと今ならわかる。

「まぁ瑶瑶《ヤオヤオ》、とりあえず食べよう。お前のために作ったんだから」

羅が許してほしいというような媚《こび》を目に浮《う》かべ、優瑶に笑いかける。男前なのに愛嬌《あいきょう》のある笑顔を見ると、優瑶の胸はいつもきゅんとして、羅に引き絞《しぼ》られているような気分になった。

「……いつも作ってもらって、すみません」

「気にするな。もともと料理は好きだし、お前が食べているのを見るのも幸せなんだ」

羅はにこにこして言った。

「ほら、お前の好きな焼餅《シャオビン》だ」

「この海老《えび》の一皿はなんですか？」

「白酒に酔《よ》わせたのを炒《いた》めた」

優瑶は海老をひとつ口に入れてその濃《こ》い旨《うま》みを堪能《たんのう》し、葱入《ねぎい》りの焼餅をはふはふ言いながら食べた。

羅はその様子を見ながら杯《さかずき》を傾《かたむ》け、「美味いか？」と訊《き》く。

「おいひいです」

「食べてから話しなさい」

羅は楽しそうに笑って、海老をつまみながら酒を飲んだ。

「……五点だな」

優瑶は焼餅を食べ終えてから席を立ち、「癒録」と書いた帳面と筆をいそいそと持ってきた。

今日の日付のところに、五本の線を引く。朝は相変わらず抱《だ》き枕《まくら》にされているので、すでに十点である。

本当は頬《ほお》への口づけもされているから二十点になるのだが、前にそれを見た羅が自責の念に駆《か》られてひどく塞《ふさ》いでしまったため、以降は記録しないことにした。

「一緒にごはんを食べるのは、最初三点にしていたんですけど」

「お前が美味そうに食べているから、おまけの二点が入った」

「先生が作るものは、とってもおいしいですから。僕は、薬味の入ったものも喉《のど》に悪いからというんで、葱すら食べたことがなかったです」

最近、咳《せき》の出る頻度《ひんど》は減っている。羅が照れ臭《くさ》そうに笑い、それから少し気遣《きづか》うような顔をした。

「別に特別なものじゃない。どれも庶民《しょみん》の料理だ。こんなものでよければ、これからもずっと作ってやる」

優瑶にとって、羅九が作ってくれる料理はどれも特別だった。いつもの食堂でもらう朝粥《あさがゆ》はとびきりおいしい。でも優瑶のためだけに作られた料理には、かなわなかった。

それに羅はいろんな地方の料理を知っていて、食べる時にその蘊蓄《うんちく》を聞かせてくれる。優瑶が感心したり、味に驚《おどろ》いたりすると、羅はいつもとても楽しそうにした。

……羅九と過ごす時間が長くなるほど、優瑶の心には寂《さび》しさも同時に積もる。

ここに来てから半年、初冬は過ぎて今は春真っ盛《さか》りだ。外に落ち葉はなくなったのに、優瑶の心の片隅《かたすみ》にはずっとその山が残っている。

人を愛することができないというのは、どうしてだろう。

会ったばかりの頃《ころ》の羅《ルオ》から出た言葉に、優瑶はずっとひっかかっている。だがその真意を訊く勇気が、今はない。

何気なく出た言葉こそ、その人にとって一番の真実であるような気がするから。

誰かと契《ちぎ》りを交《か》わすことはないと決めている羅にとっては、優瑶をかわいがるのも、美麗《びれい》な金魚を愛《め》でるのも、同じ感覚なのではないだろうかと最近思う。それはある種の愛情かもしれない。でもそれは、愛というより愛玩《あいがん》だ。

愛玩される優瑶は、買い主であり、飼い主でもある男に、その何倍も強い愛情を抱《いだ》いている。それは一方通行の、報《むく》われるかはわからない愛だった。

「瑶瑶、食べたら下の階で昼寝《ひるね》するぞ。お前が綺麗《きれい》に片付けてくれるから、部屋を抜《ぬ》ける春風が心地《ここち》いい」

羅の甘い声に、優瑶は顔を上げた。

「それで今日は、夕方から一緒にでかけよう」

日が長くなり始めた春の宵《よい》の口、優瑶は羅と渡《わた》しの小舟《こぶね》に乗った。燕幕《えんばく》城から出るのは初めてのことだ。

「ちょっと会わせたい奴《やつ》がいてな。だが、おれのそばからあまり離《はな》れるなよ。おれの根城には悪鬼《あっき》は寄りつけないが、外では別だ」

優瑶はこくんとうなずいた。

舟は水郷《すいごう》の古鎮《こちん》をゆったりと進み、そのうち、臙脂色《えんじいろ》に塗《ぬ》られた板塀《いたべい》が続くあたりにやってきた。羅はそこで舟を降りた。

正月でもないのに、板塀の上に見える軒先《のきさき》からは朱《しゅ》の提灯《ちょうちん》がずらりと下がっている。なにやら華《はな》やいだ雰囲気《ふんいき》だ。

豪華《ごうか》な彫刻《ちょうこく》を施《ほどこ》された擁壁《ようへき》に驚きつつ門をくぐると、いろいろな年代の男が大勢そぞろ歩いていた。並ぶ建屋は立派だが、なんの店かはわからない。

優瑶は初めて見る独特な雰囲気にきょろきょろしていたが、とある店先から出てきた女の服装を見て、はたと気がついた。

ここは、妓楼《ぎろう》街だ。

「あ～ん、葫蘆《ころ》先生じゃないの！」

女は羅を見るといったん店に戻り、何人かの若い娼妓《しょうぎ》を連れて駆け寄ってきた。

「せんせぇ、脈を診《み》てぇ！」

「あたしも！」

女たちが黄色い声を上げて、手を羅に見せる。羅はにこにこしながら女の柔《やわ》らかな手をとり、手首に指を当てた。

「うむ。これから名が上がる。だが足に気をつけること」

「やだ、最近、足首をひねったの。でも小足の好きな客がつきそうで……」

「あまりしつこくさせないことだ。古傷になる相がでている」

女は礼を言い、次の女がすぐに続く。待っている間、女の一人が優瑶《ヨウヤオ》に話しかけた。

「先生の太素脈《たいそみゃく》はよく当たるのよ」

太素脈は、脈診で吉凶《きっきょう》を占《うらな》うもので、昔からうさんくさい道士がよくやっている。

女は、優瑶の顔をまじまじと見つめると、羅の袖《そで》を横から引っ張って言った。

「ねぇせんせ、この子だれ？　すごくかわいいわね！　女の格好させたら、すぐ太客がつくわよ！」

「なに言ってるのよ、このままでも好きな客は多いでしょうよ」

「やぁだ、やっぱり先生、本当に女に興味なかったのね！」

女たちが、新顔の美少年を取り囲む。優瑶が目を白黒させていると、羅は「ちょっと今日は用事があって」とさりげなく優瑶の腕《うで》を引っ張って店に入った。

下働きの少女がすぐに奥に引っ込んで、貫禄《かんろく》のある妙齢《みょうれい》の美女を連れて戻《もど》ってくる。

「あら葫蘆先生、もうおつきになったの。お部屋に上がってお待ちくださいな」

美女は親しげに羅と言葉を交わし、優瑶にもあでやかな笑《え》みを見せて歓待《かんたい》した。

部屋の中に入ると、入れ替《か》わり立ち替わり女たちが挨拶《あいさつ》にやってきては羅に酒を勧《すす》める。脈を診てもらいたがる女が多く、落ち着く暇《ひま》がない。

酒の飲めない優瑶は、少し離れた椅子《いす》に座っていた。羅は誰《だれ》にでもよくしてやっているが、会話の矛先《ほこさき》が優瑶に行きそうになると、すぐに話を逸《そ》らして自分のほうに注意を向けさせる。見慣れぬ美少年にみな興味津々《きょうみしんしん》なのだが、羅があえて触《ふ》れさせないようにしているのがわかってくると、女たちも無視するようになった。そういうのもまた、疎外感《そがいかん》を覚える。一人ぼっちは、慣れっこだが。

優瑶は、慣れない脂粉《しふん》の香《か》と媚態《びたい》で次第《しだい》に気分が悪くなってきた。ここの女たちを見ていると、義母が思い出されて気が塞ぐ。それに手持ち無沙汰《ぶさた》で茶をがぶ飲みしていたせいか、用を足したくなってきた。

「先生、ちょっとお手洗いに行って参ります」

「わかった。すぐ戻れよ」

優瑶は厠《かわや》に案内してもらい、用を足すと店を出た。外の空気を吸いたかったのだ。

空は暗くなり、遊興の里はいよいよ賑《にぎ》わいを見せ始める。

羅は今夜この調子で過ごすのだろうか。ここでは葫蘆《ころ》先生なんて呼ばれているのが気持ち悪い。いつも葫蘆《ひょうたん》を持ち歩いているからか。「先生のひょうたん触《さわ》らせてぇ」「いやいやこれは大事なものだから」なんてやりとりも寒気がする。心なしか、羅の鼻の下ものびている気がした。

なにが女除《よ》けだ。あんな羅先生は、見たくない。

……そこまで思ってから、優瑶は自分が彼女たちに嫉妬《しっと》しているのだと気がついた。着飾《きかざ》った美しい女性がたくさんいても、つい目で追うのは羅九《ルオジウ》だけだ。優瑶は目を伏《ふ》せた。

純粋《じゅんすい》で綺麗な魂《たましい》を持っているなんて、とんだ買いかぶりだと思う。今だって嫌《いや》な感情が出てきて止まらない。でも、羅に会う前は、こんなふうに感情が強くかき乱されることもなかった。

寂しいのとうれしいのとが代わるがわるやってきて、腹立たしくなったり、好きだという気持ちが止まらなくなったりする。

ふと気がつくと、すぐ隣《となり》に立つ影《かげ》があった。

厠から一緒《いっしょ》だった太鼓腹《たいこばら》の親父《おやじ》が、舐《な》め回すような視線で優瑶を見ていた。親父がごくりと唾《つば》を飲む。

「君は、いくらかね？」

「なんとまぁ、尻《しり》だけではなく顔まで素晴《すば》らしく愛らしい……五貫《かん》、いや十貫でどうだ」

優瑶はギョッとして店に戻ろうとした。親父が「待て待て」と言って腕をつかむ。その腕を振《ふ》りほどこうとした時、「私の連れになんの用かな」と声がした。

目の前に、いかにも身分の高いと思われる男が立っている。今時珍《めずら》しく長衣を纏《まと》い、髪《かみ》を結《ゆ》いあげて帯を締《し》めたその姿は優美で、どこの進士か士大夫かと思わせた。

親父はごにょごにょと言い訳をして愛想笑《あいそわら》いを浮《う》かべると、そそくさと立ち去る。

「……ありがとうございます」

優瑶が礼を言うと、優男《やさおとこ》はじっと顔を見つめた。どこか野性味のある羅とは違《ちが》い、文人風の雰囲気を漂《ただよ》わせるなかなかの美男子だ。

「……お前は、妖《あやか》しの類《たぐい》か？」

「えっ？」

「確かに恐《おそ》ろしいほどの美少年だな。ふぅん……」

男は値踏《ねぶ》みするように優瑶を見ると、帯に佩《は》いた玉《ぎょく》の飾りを外した。

「何か困ったことがあったら、梅骨《ばいこつ》の景邸《ジンてい》を訪ねて来るといい。門番にこれを見せれば中に入れてくれる」

梅骨といえば、王府の近くだ。男は玉の飾りを優瑶の褲子《ズボン》の中に入れると、耳元で囁《ささや》いた。

「これは貴重なものだから、誰にも見せてはいけないよ」

下着の中に落とされて、玉のひやりとした冷たさが優瑶の肌《はだ》を粟立《あわだ》たせた。男が妓楼の中に入っていく。

優瑶はその後をすぐ追って店に戻る気にはなれず、店の脇《わき》に隠《かく》れた。

暗がりでもぞもぞと玉飾りを取り出したが、かなり高価そうで捨てるのも怖《こわ》い。しょうがないので短袍《ダンパオ》の内側にある袋布《ふくろぬの》にしまった。

いい加減戻らないと、羅が心配しているだろう。

しかし店の前の大通りに目をやった時、優瑶は「あっ」と声を上げた。

通りの反対側を、父にそっくりな人が歩いている。

まさかと思ったが、反射的に目はその人を追いかけた。横顔がどう見ても父に思える。その瞬間《しゅんかん》、耐《た》えがたいほどの懐《なつ》かしさと切なさに襲《おそ》われて、優瑶は思わず駆《か》け出した。

――お父さん……！

だが人が多く、うまく走れない。そもそもここ十年、ほとんど走ったことがなかった。すぐに息が切れたが、その人の背中はしっかりと捉《とら》えていた。

腰《こし》の肉付きや、右肩《みぎかた》を上げて歩く癖《くせ》まで父にそっくりだ。死んだというのは間違いなのではないか。だって優瑶は、羅《ルオ》からそう聞かされたにすぎない。

目当ての人は通りを抜《ぬ》けて、妓楼街の奥にある美しい園林へと入っていった。

大きな池に四阿《あずまや》が張り出し、小さな橋がいくつもかかる景勝地を、壮年《そうねん》の男は滑《すべ》るように進んでいく。その歩みはゆっくりに見えるのに、小走りの優瑶はなぜか追いつけない。

提灯の明るさが次第に遠くなり、月の光のほうが強く感じられるようになった時、優瑶は足を止めた。人気《ひとけ》がない。そばを離れるなという羅の言葉が突然《とつぜん》甦《よみがえ》り、さすがにいけないと気がついた。

優瑶の少し先、園林の中に配された奇岩《きがん》の前で、その人が立っている。

「……お父さん……」

恋《こい》しさに耐えかねて、優瑶が思わず小さく口の中でつぶやいた時、まったく同じ言葉が、優瑶の声で、男の口から発せられた。

『……オ父サン……』

振り返った顔は、父と同じような年の知らない男だった。だが月明かりに照らされた顔は死人のように青白く、目はこの世を見てはいなかった。

ざっと鳥肌《とりはだ》が立つ。優瑶は走り去ろうとした。しかしその瞬間、背後の奇岩と見えていた真っ黒いものが大きく蠢《うごめ》き、何本もの腕がいっせいにのびて優瑶に襲いかかった。

「優瑶！」

腰を抜かして尻もちをついた優瑶の頭のすぐ上を、白い鞭《むち》のようなものが舞《ま》った。切り裂《さ》かれた黒い腕がぼとぼとと優瑶の周りに落ちる。しかし腕は虫のようにひとりでに動いて、元の体へと戻った。

「ぅわぁぁぁ……っ」

羅が駆け寄り、取り乱す優瑶を抱《かか》えて起こした。そして虎斑《フーバン》の背に優瑶を乗せると、腕を回して鞭をふるった。

父に似た男の体は、今や布人形のように力なく萎《しお》れ、その後ろには人の何倍もの大きさをした異形のものがいる。鞭で打たれた悪鬼《あっき》は、咆哮《ほうこう》を上げて大きく跳《と》んだ。

「くそっ、逃《に》げる気かッ……」

悪鬼は黒い巨軀《きょく》を男の体にしまうと、屋根の上を犬のように駆け出した。羅も虎斑に飛び乗る。虎斑は空を駆けて悪鬼にとり憑《つ》かれた男の後を追った。

優瑶《ヨウヤオ》の後ろで、羅が呪《しゅ》を唱えて呪符《じゅふ》を投げる。しかし凄《すさ》まじい勢いで飛んでいる上、空中から投げているせいか、悪鬼には当たらない。呪符は四方にひらひらと散った。

悪鬼にとり憑かれた男は髪を振り乱し、首を真後ろにぐるりと回転させて、羅をあざ笑う。

虎斑が怒《いか》りの声を上げた。

「重イ！　進マナイ！」

羅は虎斑の背から屋根の上にひらりと飛び降りると、風のように走って悪鬼の後を追いかけた。悪鬼は人の体では出せないような速度で疾走《しっそう》していたが、距離《きょり》を開けられることなく追う羅の速さも尋常《じんじょう》なものではなかった。

悪鬼が軒先《のきさき》から通りに飛び降りる。直後に羅も飛び降りた。通りにいた人たちから悲鳴が上がる。悪鬼がさらに走って逃げようとした時、見えない壁《かべ》のようなものに当たって跳《は》ね返った。

「……陣《じん》を張った。この中からお前は出られない」

羅が息を切らして言った。

闇雲《やみくも》に投げていたように見えた呪符は、上から見れば八角形に置かれていた。呪符から透明《とうめい》な薄青《うすあお》の幕のようなものが立ち上がり、空間を八角柱に仕切っている。虎斑に乗って上から見ていた優瑶は、その幕をすり抜けて逃げていく通行人の存在に気がついた。

――陣は、悪鬼だけを閉じこめられるんだ！

虎斑は地上に降りると、陣の外で優瑶を下ろした。

「小猫《シャオマオ》、陣ノ中ニハ入ルナ」

虎斑が低く唸《うな》る。

陣の中では羅が白い鞭をふるい、逃げ回る悪鬼と戦っていた。だが木っ端《こぱ》みじんになる体は、切られてもすぐにくっついて蘇生《そせい》する。

「アイツ、手ゴワイ」

「……ど、どうするの……？」

優瑶は、震《ふる》えながら虎斑に訊《き》いた。

「呼バレルノヲ、待ツ」

その時、羅が太くなった鞭を捨てた。鞭は地面に落ちると、丸々と太った白蛇《はくじゃ》に変わる。縄《ション》だった。

羅が怒鳴《どな》った。

「虎斑、喰《く》いに来い！」

虎斑は大きく舌舐めずりをすると、突如《とつじょ》駆け出した。そのまま陣に入り、羅に向かって突進《とっしん》する。優瑶があっと思った時、虎斑は羅の体に吸い込まれるように消えた。

羅の髪が白く光る。普段《ふだん》は下りている前髪《まえがみ》が向かい風になぶられたように上がった。銀灰色《ぎんかいしょく》の長袍《チャンパオ》が、ふわりとたなびく。

体は一回り大きくなり、首が前に少し突《つ》き出た次の瞬間、羅は大きく跳び、悪鬼の首を片手でつかんだ。もう片方の手で頭をつかむと、そのまま引きちぎる。優瑶は喉《のど》の奥で声にならない声を上げた。羅が咒を唱えると、悪鬼は断末魔《だんまつま》の悲鳴を吐《は》きながら一筋の黒い煙《けむり》となる。羅はひょうたんの口を開けてその煙を吸い込むと、すぐに蓋《ふた》をした。後には男の死体だけが残り、陣もすぅっと消えていく。

優瑶の全身に、再び鳥肌が立った。

すべてが終わると、虎斑がのっそりと羅の体から出てくる。羅はその場でたたらを踏《ふ》んでよろめいた。虎斑が、ぐったりと前に倒《たお》れ込む羅の下に入り、背に乗せて歩き出す。

優瑶は呆然《ぼうぜん》としながら、その後を追った。近くに寄っていいのかもわからない。でも羅が心配で、今にも泣きそうな気分だった。

いったい、彼の身に何が起きているのだろう。

虎斑は先ほどまでいた妓楼《ぎろう》の前に羅を捨てると、「ウガァ」とひと声鳴いた。虎斑は、人の前では話さないのだ。

その声を聞いて、女たちがわらわらと出てくる。最後に店を仕切る件《くだん》の美女が出てくると、羅の姿を見るなり「悪鬼はいなくなったのね」とほっとしたように言って、女たちと一緒《いっしょ》に羅を中に運び入れた。優瑶はどうしていいかわからず、やはりその後についていった。

女たちは美女の指示で羅を湯殿《ゆどの》に連れていくと、脱衣場《だつい》でてきぱきと汚《よご》れた服を脱《ぬ》がせた。

「えっ、あの……」

優瑶が思わず声をかけると、美女は「あら、あなた、先生ンとこの子ね」と言って羅のひょうたんを渡《わた》した。

「これ、持っててちょうだい。なんだか気味悪いから、うちの娘たちに触《さわ》らせたくないのよ」

ひょうたんのふくらんだ腹から、コツコツという音と振動《しんどう》を感じる。中で何か小《こ》さいものが暴れているような感じだ。この中に、さっきの悪鬼がいるのだろうか。

優瑶は青ざめた顔でしばらくひょうたんを見ていたが、ハッと我に返って湯殿を覗《のぞ》いた。

ぐったりと座る羅の体を、女たちが二人がかりで洗っている。湯を流すと、羅はゆらりと立ち上がって脱衣場に戻《もど》った。その顔はこれまでに見たことがないほど精悍《せいかん》で、同時に深く疲《つか》れ切っていた。

銀に輝《かがや》いていた髪《かみ》は黒く戻り、湯で洗われてぽたぽたと雫《しずく》が床《ゆか》に垂れている。いつも前髪で隠《かく》れている額《あら》は露わになったままで、その整った顔貌《がんぼう》がより研《と》ぎ澄《す》まされて見えた。初めて目にした裸体《らたい》は想像以上に筋骨逞《きんこつたくま》しく、刀のように引き締《し》まっている。

鷹揚《おうよう》な雰囲気《ふんいき》は完全に消え、何か近寄りがたい、冷たい気が放たれていた。優瑶は、その匂《にお》い立つような強い男の魅力《みりょく》に圧倒《あっとう》され、思わずぽぅっと見惚《みと》れた。

しかし、羅はそんな優瑶をただ見ていた。いや、そこに何も認めていないような視線だった。

優瑶の胸に、鋭《するど》い痛みが走る。

どうしてそんなに他人行儀《たにんぎょうぎ》な眼《め》をしているのだろう。

羅《ルオ》は妓女たちが使うような女物の長衣を肩《かた》からかけられると、導かれるまま奥の部屋へ上がっていく。その横顔にはなんの感情も見えず、幾多《いくた》の女たちを侍《はべ》らせる皇帝《こうてい》のように尊大だった。通された部屋には、奥に大きな寝台《しんだい》がある。そこに羅は横たわり、すぐにいびきをかいて寝始《ねはじ》めた。

優瑶は、この世でたった一人ぼっちになった気分で、美しい寝顔をじっと見つめていた。

羅は半日以上眠《ねむ》り続けた。その間、優瑶は片時もそばを離《はな》れなかった。妙《みょう》に腹の膨《ふく》れた虎斑も、丸々と太った白蛇の縄縄も、優瑶の足元で丸くなってずっと寝ている。それを見て、優瑶は出会ったばかりの頃《ころ》に羅が言っていたことを思い出した。

……悪鬼を退治する過程で、魂《たましい》を消耗《しょうもう》すると。そして霊獣《れいじゅう》は魂を喰うという。

この二体は羅の魂を食べ、羅は霊獣の力を借りて悪鬼を退治しているのではないか。

夕方近くなり、羅がふと目を開けた。傍《かたわ》らにいる優瑶を見ても、表情になんの変化もない。

羅はゆっくりと起き上がり、深く息を吐いた。

「……喉が渇《かわ》いた」

「はい！」

優瑶は、そばに置いていた湯冷ましをすぐに渡した。そこへちょうど、妓女がやってくる。その手には、洗濯《せんたく》して火のしを当てた羅の服があった。

「あら、葫蘆《ころ》先生がお目覚めになったわ」

女は服を部屋に置き、人を呼びにまた出ていく。

虎斑《フーバン》はのっそり起き上がると、珍《めずら》しく自分から長袍の中に入り、裾《すそ》のところで丸まって、またぐぅぐぅ眠り始めた。とぐろを巻いて眠る縄縄も目を覚まし、あくびをするようにぱかっと大きな口を開けた後、服の中に入って蛇《へび》の刺繡《ししゅう》になった。

水を飲み終わった羅は片膝《かたひざ》を立てて、そのまま虚空《こくう》を見つめている。女物の派手な長衣の前がはだけて、盛り上がった胸板《むないた》から腹筋までが覗いていた。その気怠《けだる》い姿は恐《おそ》ろしいほどの色気を放っていて、優瑶はたじろいだ。

その時、外から嬌声《きょうせい》が近づいてきた。三人の女たちが、盆《ぼん》や酒を持って部屋に入ってくる。

「センセ、ちゃんと食べてね！」

「精をつけないとね～」

女たちははしゃいだ様子で寝台にやってくると、羅の前に脚《あし》つきの盆を置いて、左右に分かれて座った。箸《はし》で泡菜《パオツァイ》をつまみ、羅の口元に持ってくる。

「は～い、先生、口を開けて」

優瑶は「あ、あの！」と思わず声をかけた。

「僕がやりますから……」

女たちはケタケタと笑い、「いいのよ」と言った。

「お代は後でもらうもの。いつも先生にはタダで脈を診《み》てもらってるから、感謝してるし」

「それに先生、いい男だから。ね？」

女の一人がほかの二人に目くばせした。一人が羅にしなだれかかり、もう一人もその割れた腹をつっと撫《な》でる。しかし羅はただ前を見ているだけで、まったく意に介《かい》さない。

優瑶《ヨウヤオ》の中に、突然《とつぜん》吐《は》き気のようなものがこみ上げた。

この人を誰《だれ》にも触られたくない。それは初めて知る、強い独占欲《どくせんよく》だった。

「こんなにいい体なのに、誰とも全然遊んでくれないんだから。そこがいいんだけど」

「でもこんなふうになってる時は、いくらお世話しても全然覚えてないのよ」

女たちは羅にあれこれと食べさせながら「ひどいわよねぇ！」と口を揃《そろ》えた。しかしその様子は楽しそうだ。

優瑶は羅の長袍をぎゅっと抱《だ》きしめながら、寝台から少し離れたところに立って、大好きな先生が世話される様子を見ていた。

羅は腹が減っているのか、勧《すす》められる料理をひたすら食べている。無言であらかたたいらげたところで、ふいっとまた横になった。

「あら先生、今日はお酒召《め》し上がらないの？」

それだけ言うと、羅はまた目を閉じた。妓女たちが盆を持って部屋を出ると、一気に静かになる。

「……いらん」

優瑶はとてつもない寂《さび》しさを抱《かか》えて、音を立てないように寝台に腰《こし》かけた。

秀《ひい》でた額、濃《こ》い眉《まゆ》、とがった鼻。冷たく整った男らしい顔を見ていると、次に目を開けた時には優瑶のことなどすっかり忘れているのではないかと思えた。

薄《うす》い色の瞳《ひとみ》から、ぽろりと涙《なみだ》がひと粒《つぶ》流れ落ちる。それを手のひらで拭《ぬぐ》って寝台を出ようとすると、パッと手首をつかまれた。振《ふ》り返ると、羅がこちらを見ていた。

「……優瑶、帰るぞ」

「はい……！」

優瑶はこみ上げるうれしさを涙と一緒にこらえ、羅に着せる長袍《チャンパオ》の布釦《ぬのぼたん》を急いで外した。

四

燕幕城《えんばくじょう》に帰る途中《とちゅう》も、羅はほとんどしゃべらなかった。部屋に入ると、酒も飲まずにすぐに寝台に横になった。夜になって優瑶も寝台にもぐりこむと、寝起きでもないのに後ろから抱きしめてくる。寝ぼけているようだった。

朝は寝かせたままにしておいて、優瑶は下の層にいる動物たちの世話をした。虎斑も縄縄も、服から出てこない。

優瑶はいつもの食堂で花巻と煮卵《にたまご》、温かい豆乳をもらって戻ると、ふぅふぅ言いながら五層分の階段を上った。

部屋に着くと、羅は体を起こして静かに窓の外を見ていた。

「先生、朝昼兼用《けんよう》のごはん、持ってきました」

優瑶は盆に食事を載《の》せて寝台に行くと、羅の前に置いた。

「……食わせてくれ」

あの妓女たちを思い出し、再びむかむかとした気分が優瑶を襲《おそ》った。しかしそれをこらえて、優瑶は花巻を小さくちぎって食べさせた。羅は黙《だま》って咀嚼《そしゃく》する。

煮卵は箸では滑《すべ》るので、指でつまんで口の前に持っていった。すると羅は何口かかじりついてから優瑶の手をつかみ、最後は指ごと口に入れた。

「……っ」

ねっとりと指を舐《ねぶ》られ、優瑶の体の芯《しん》にぞくぞくしたものが走った。自然と息が上がり、鼓《こ》動《どう》が速くなる。

羅は透徹《とうてつ》とした目で優瑶を見ていた。まるで、その反応をつぶさに観察しているように。

でも今の状態は普通《ふつう》ではない。女たちの言うように、そして寝起きの時と同じように、いつもの羅九《ルオジウ》に戻《もど》ったら、きっとこの記憶《きおく》はないのだろう。

優瑶は豆乳をれんげですくって、羅の口元にあてがった。羅は目を閉じた。そっと傾《かたむ》けると喉《のど》が動いて、ゆっくりと飲み下す。れんげを口から外して顔を覗《のぞ》き込むと、羅が目を開けた。

「おいしいですか？」

「あぁ。とても」

その黒い瞳が、少し笑った。瞬間《しゅんかん》、優瑶の胸が詰《つ》まり、れんげと碗《わん》を乱暴に置いて羅に抱きついた。

後頭部をゆっくりと撫でられる。思わず胸の中で嗚咽《おえつ》すると、手は背中に下りてくる。優《やさ》しくさすられて、優瑶の喉から、堰《せき》を切ったように言葉が飛び出した。

「先生……先生、怖《こわ》かった」

「すまない。危ない目に遭《あ》わせてしまった」

「違《ちが》います、あれは僕が悪いんです。そうじゃなくて……」

優瑶は泣きじゃくった。駄々《だだ》っ子をあやすように羅は腕《うで》を回し、ぎゅっと抱きしめてくる。

「先生が、全然知らない人みたいで……」

優瑶は涙を溜《た》めた目で見上げた。羅の瞳は、湖のような深い静けさを再びたたえていた。

さっき一瞬《いっしゅん》だけ見えた、いつもの優しくていいかげんな羅《ルオ》先生はどこにいるのだろう。

優瑶はさらに近づいて、黒い石のような瞳を覗き込んだ。小さく自分の姿が映っている。息がかかる距離《きょり》になり、羅の顔がふっと傾いた。

その瞼《まぶた》が閉じられて、小さな自分の姿はかき消える。唇《くちびる》に唇が柔《やわ》らかく触《ふ》れ、すぐに離《はな》れた。

一瞬、何が起きたのかわからなかった。

羅はそのまま後ろに倒《たお》れ、また眠《ねむ》り始めた。優瑶だけが一人、動揺《どうよう》の嵐《あらし》の中に取り残されていた。

「いや本当にすまなかった！　面倒《めんどう》をかけたな」

あれから一週間が経《た》った。

羅はすっかり元気になったようで、今日は寝起《ねお》きも良く、上機嫌《じょうきげん》で油条《ヨウティヤオ》を海鮮粥《かいせんがゆ》に浸《ひた》して食べている。油条は小麦粉の生地《きじ》を発酵《はっこう》させて揚《あ》げたもので、羅の好物なのだ。

「悪鬼《あっき》を退治した直後は、驚《おどろ》いただろう？　おれは自分の魂《たましい》を喰《く》わせる代わりに、霊獣《れいじゅう》たちの力を借りている。だからいつもああなるんだが、そういえばお前には全然説明していなかったと後から気がついてな。悪かった。いつもあの妓楼《ぎろう》で世話になっているから、虎斑も店に運べば大丈夫《だいじょうぶ》だと思ったんだろう」

優瑶は浮《う》かない顔で視線を落とした。

「先生、何も覚えていないんですよね?」

「覚えていないというより、おれでないおれが行動している感じだな」

「でも、先生は覚えていないって、妓楼の方から聞きましたけど」

「ん、そういうことにしている。いろいろ面倒だから」

それなら、ここに帰ってきた直後の行動は覚えているのだろうか。あれは本来の羅ではない状態なのか。いや、どっちが本来の姿なのだろう。

羅は油条を皿に置くと、笑顔《えがお》を消して真面目《まじめ》な顔をした。

「……直後で疲《つか》れていた時は、おれの本意ではない行動もあった。お前を見て気が緩《ゆる》んだのだと思う。本当に悪かった」

優瑶は押し黙った。これは、あの口づけに対する謝罪なのだろうか。

「でも迷惑《めいわく》をかけないよう気をつけるから、今度から頼《たの》む」

「えっ?」

優瑶は目をしばたかせた。

「最初に言っただろう? お前に養生を頼みたいと。あそこの妓楼にも、長く世話になり過ぎているからな。……ぼんやりしているうちに乗っかられるんじゃないかと、恐《おそ》ろしい」

やはり記憶はあるのか。

「だから悪いが、次からはお前一人に世話をしてもらいたい」

羅は優瑶《ヨウヤオ》の前で頭を下げた。

「……頼む」

「いいですけど……」

優瑶は視線をさまよわせた。

この一週間、羅は口数が少なくそっけないように見えるのに、優瑶を片時も放さなかった。食事はさすがに自分で食べるものの、優瑶の膝枕《ひざまくら》で昼寝をし、すぐ隣《となり》で酌《しゃく》をさせて、夜も抱《だ》きしめて眠る。まるで小さい子のための人形になった気分だった。

優瑶が動物の世話から戻ってくると、羅は窓辺でただぼんやりと空を見ている。心ここにあらずという感じだが、優瑶を見ると、その表情がかすかに和《やわ》らいだ。だから、なるべくずっと一緒《いっしょ》にいるようにしていた。

「僕が来る前は、どうされてたんですか」

「酒を飲んでだらだらして、少し回復してきたら、手慰《てなぐさ》みに簫《しょう》を吹《ふ》いたり、やたら凝《こ》った料理を作ったり、詩を詠《よ》んだりしていたな」

ここ最近、羅を見ていて思うことがある。この人はもともとだらしがないというよりも、生きる上での細々《こまごま》したことがもう面倒になっているのではないかと。

「とにかく、大事がなくてよかった。妓楼でお前を見せ物のようにしたくなかったんだが、一人で厠《かわや》に行かせたらなかなか戻ってこないし、店の前で美少年が絡《から》まれていたと聞いて、心配ですぐに捜《さが》したんだ。それで、虎斑《フーバン》がお前の気をたどって見つけた」

「はぁ……」

そういえば、謎《なぞ》の男から玉《ぎょく》の飾《かざ》りをもらったことを思い出した。上衣に入れっぱなしだが、どこかに置いておくのも怖いので、そのままにしている。今後何かに役立つのだろうかと思案したら、ふとひらめいた。

「そうだ、あの、僕の脈も診《み》てくださいませんか」

羅は明らかに動揺した。

「いや、いいだろう、そんなの」

「どうしてですか？　先生の太素脈《たいそみゃく》は当たるって、みんな言っていましたよ。今後の運勢を診てもらえば、悪鬼退治の助けになるかも」

「いやいや、それはちょっと別問題だ」

「実は嘘《うそ》なんですか？」

「瑶瑶《ヤオヤオ》、おれの力をあまり侮《あなど》るなよ」

「それなら、どうして診てくれないんですか？　あの女《ひと》たちはよくて、僕はダメなんですか……？」

優瑶は少し胸の中が痛くなった。さっき、見せ物にしたくなかったとは聞いたが、またつまはじきにされた気分だ。

沈《しず》む優瑶を見た羅は、慌《あわ》てて椅子《いす》を隣に持ってくると手首をとった。ぱっと手を当て、「うん」と言う。優瑶は目を輝《かがや》かせた。

「どうでした？」

「おれに末永くかわいがられる相が出ている」

「からかわないでください」

優瑶の眉間《みけん》に皺《しわ》が寄るのを見て、羅は機嫌《きげん》を取るように下から顔を覗き込んだ。

「本当だって！　怒《おこ》るなよ。これは揺《ゆ》るがない未来だ。だっておれがそうするんだから」

……この人の中で、誰《だれ》かをかわいがることと愛することは、どう区別しているのだろう。人を愛せないと言うくせに、どうしてこんな態度をとるのだろう。

羅は困った顔で笑った。

「当たるからこそ、お前のこれからを、おれは知りたくないんだ」

その意味がわからず、優瑶は困惑《こんわく》した。羅は円卓《えんたく》の上に肘《ひじ》をついて、手に顎《あご》を乗せ、自然と尖《とが》ってしまった優瑶の唇を親指でそっと触《さわ》った。

「頼むから、機嫌を悪くしないでくれ」

この前の口づけを思い出し、心がぴょんと跳《は》ねる。そういう思わせぶりなことをするのはやめてほしい。前はこんなことをしなかったのに、距離がまた近くなっている気がする。

優瑶はすっと身を引き、羅を牽制《けんせい》するようにあえて硬《かた》い表情で言った。

「……唇を触るのは、十点でお願いします」

羅の手の動きが止まり、すぐに手を引いた。

「それは指で触った場合だよな？」

優瑶はドキッとした。二人の間に、気まずい沈黙《ちんもく》が落ちる。

羅は姿勢を正して目を伏《ふ》せた。

「……すまん」

やっぱりあの時のことはちゃんと覚えているのだろうか。いや、覚えているからこそ、あれは本意ではないと謝ったのだろう。でも本意でないなら、なんなのか。

それを訊《き》けないまま、優瑶は沈む気持ちに区切りをつけようと「癒録」と筆を持ってきた。

「別にいいですよ。その分、稼《かせ》げますからね！」

わざと当てつけがましく「癒録」を左右に振ると、同じく沈んでいた男は苦笑《くしょう》した。羅は棚《たな》に置いてある例のひょうたんを持ってきて、耳の横で軽く揺する。

「……もういい頃合《ころあ》いだな」

「その中に入っているのは、悪鬼なんですか？」

「ああ。ぐったりしてる」

羅は立ち上がり、部屋を出た。優瑶も筆を置いて、その後を追った。羅は、階段に置かれたいくつもの甕《かめ》をあれこれ吟味《ぎんみ》している。

甕は最上層から地上までの階段に一段ずつ置かれており、なかなかに邪魔《じゃま》な代物《しろもの》だった。しかも蓋《ふた》は呪符《じゅふ》で封《ふう》をされ、時たま中から音がするので、あまり近寄りたくない。

「……悪鬼《あっき》はな、もともと人の念なんかが凝《こ》り固まったもので、大昔から世界各地にいる」

「妖怪《ようかい》とは違《ちが》うんですか？」

「それは長く生きた山海のものだとか器物に精が宿った場合が多い。妖怪は単体で動けるが、悪鬼は人にとり憑《つ》いて害をなす」

「そのままほっといたら……？」

「基本的に退治しなければ消えない。でも稀《まれ》にものすごく魂《たましい》の強い人間で、性質がもともと善だった場合、悪鬼がとり憑いても自然と消えてなくなる時もある。浄化《じょうか》されるんだな。そうなると、そいつは悪鬼ではなく強い守護鬼《しゅごき》となるんだ」

退治されるより、浄化されるほうが悪鬼も幸せなのではないだろうか。優瑶はぽわぽわと想《おも》いを巡《めぐ》らせた。悪鬼も、とり憑かれたほうも、なんだかかわいそうだ。

「あの、僕が父と見間違えた男の人は、悪鬼にとり憑かれて亡《な》くなってしまったんでしょうか」

「あぁ。お前が見た時は、もう死人だった。悪鬼がお前の父に動きを似せて、操《あやつ》っていたんだ」

羅《ルオ》は、呪符を取って甕の蓋を外した。

「悪鬼は憑いた人間の魂を喰《く》って、中から操る。魂が弱いと、すぐに気が触《ふ》れる。普通《ふつう》の人間は大抵《たいてい》そうなる。だが魂が強いと、何体も悪鬼を飼いながら、その力を利用することができるんだ。それにその時点で体を支える魄《はく》は悪鬼に喰われてて、悪鬼が代わりに支えているから、体も恐《おそ》ろしく強くなるし寿命《じゅみょう》も延びる。だがなんらかの理由で宿主の体がなくなると、悪鬼は出て、また別の人間にとり憑く」

優瑶は、羅が話しながらひょうたんの蓋を開けるのを見て驚《おどろ》いた。さらに、その中味を甕の中に注いでいる。

「それ、どうするんですか」

「悪鬼は、長い間霊水《れいすい》につけておくことで浄化され、美酒となるんだ」

夥《おびただ》しいほどあるこの甕の中には、悪鬼が入っていたのか。

優瑶は身震《みぶる》いした。羅が再びひょうたんの口に蓋をする。それを見て、ハッと思い出した。

自分は、何回かその中味を飲んだことがある。

「あの、僕が飲んだのって、悪鬼じゃないですよね……?」

「完全に溶《と》けてたから、大丈夫《だいじょうぶ》だ」

全然大丈夫じゃない。優瑶は急に気分が悪くなってきた。

「安心しろ。お前の体はむしろ浄化されている。玉を飲まなくなった分と思えばいい。毒もごくわずかなら薬になることもあるだろう?」

優瑶は少しも納得《なっとく》できなかったが、とりあえずうなずいた。

昼過ぎ、優瑶《ヨウヤオ》は馬《マー》先生の医院に薬をもらいに行った。薬は切れていたものの、羅が心配でこの一週間は外に出られなかったのである。

初めて日中に来たが、話に聞くとおり大賑《おおにぎ》わいだ。番号のついた整理札を渡《わた》されて外に出ると、見覚えのある十歳くらいの女の子がいる。女の子は優瑶を見て、目を丸くした。

「あっ、葫蘆《ころ》先生のお弟子《でし》さんだ」

その言葉で、あの妓楼《ぎろう》で小間使いをしていた子だと思い出した。

「お弟子さんは、どっか具合が悪いの？」

女の子はトトッと走り寄ってくる。人懐《ひとなつ》こい子だ。それでもこんな歳《とし》の女の子と話したことはなく、優瑶は緊張《きんちょう》した。

「咳止《せきど》めの薬をもらってるんだ」

「そうなの、大変ね」

大人びた言い方は、妓楼の女たちにそっくりだった。この子もいずれああなるのだろうか。

優瑶は気まずさを覚え、会話のつぎ穂《ほ》を探した。

「君こそ……具合が悪いの？」

「あたしは小姐《ねえ》さんたちのお使いよ。馬先生は腕《うで》がよくて優《やさ》しいから、あのあたりの妓楼の女はみんなお世話になってるんだって」

少女は優瑶に興味津々《きょうみしんしん》なのか、あれこれ質問をしてくる。

診療《しんりょう》までまだ待ち時間がありそうで、優瑶は外の椅子に座ってぽつぽつ言葉を交《か》わした。

「君は、この前の悪鬼騒《あっきさわ》ぎの時、大丈夫だった？」

「そうね、とにかく外に出るなって言われてたから。お弟子さんは、悪鬼退治できるの？」

「全然できないよ」

「じゃ何をしてるの」

「霊獣《れいじゅう》の世話をしたり、部屋の掃除《そうじ》とかかな……」

「太素脈《たいそみゃく》は診《み》られるの？」

「ううん。君は、先生に診てもらったことはある？」

「あるわよ。売れっ妓《こ》になるって」

優瑶が「そっか」と苦笑すると、少女は怒った。

「嘘《うそ》だと思ってるでしょ⁉　小姐さんたちも、みんな同じ顔で笑うんだから！」

「……ごめん。やっぱり売れっ妓になりたいんだね」

義母は人気の娼妓《しょうぎ》だったはずだ。複雑な思いを胸に抱《かか》えていると、少女は「そりゃあね」と言った。

「占《うらな》いは当たるはずよ！　だってすごい道士様なんでしょ？　今の大姐《おおねえ》さんがあたしくらいの時から、あのあたりの妓楼に来てるって聞いたもの」

大姐さんとは、あの店を取り仕切っていた美女のことだろうか。少なくとも四十代以上に見えたが、そうすると三十年前から羅はあのへんに通っていることになる。この子が嘘を言っているようには思えないが、話はどこまで本当なのか。優瑶は首をひねった。

「あたしは借金のカタで売られたの。父さんはほとんど騙《だま》されたのよ。塩を運ぶ船にお金をみんなで出し合うって、なけなしのお金を出して。でも船は沈《しず》んだの。お金に困って、借金したら膨《ふく》らんで、それで結局高利貸しっていうのに手を出して、家族はバラバラ。あたしは売れっ妓になって、もう一度家族みんなで暮らせるようにする」

誰《だれ》かに聞いてほしかったのだろう、女の子は自分から身の上を話し出した。優瑶は黙《だま》ってそれに耳を傾《かたむ》けていた。

自分が羅に買われた時の不安を思い出す。妓楼の店先で、気持ちの悪い客に絡《から》まれたことも。これからこの子も、ああいう客に対応していかなければいけないのだ。ふと、気持ちが沈んだ。

「その時はちょうど新しい貸し付けの形が流行《はや》ってて、あたしみたいに売られる子が多かったって、小姐さんたちが教えてくれたんだ。范州《はんしゅう》の麦鬼《ばくき》って質屋《しちや》が生み出したんだって。でもね、最近そこが義賊《ぎぞく》に襲《おそ》われて、そのやり方もお役所から禁止されたの。いい気味よ」

優瑶は、自分の家を罵《ののし》る言葉が出たことに愕然《がくぜん》とした。それまでどこか遠いものだった家の実態が、急に強い現実の形を伴《ともな》って優瑶の前に現れる。

この子がここにいることは、もしかしたら自分の家にもいくらか責任があるのではないか。

頭を殴《なぐ》られたような衝撃《しょうげき》だった。

「あのさ、さ、最初の借金はどれくらいで……ッ、ゲホッ、ゴホッ」

ずっと外に出ていたせいなのか、薬を切らしていたせいなのか、あるいはひどい衝撃のせいなのか。急に胸が苦しくなった。

「ちょっと、大丈夫？」

少女は咳《せき》の止まらなくなった優瑶を連れて、急いで医院に入った。

薬をもらって馬化《マーファ》医院を出ると、羅が外の椅子《いす》に座っていた。

「遅《おそ》いから、心配したぞ」

羅はまた酒の甕《かめ》を手にしていた。飲みながら待っていたらしい。

優瑶の付き添《そ》いをしてくれた少女は、順番より早く薬をもらえて喜んでいる。少女が手を振《ふ》って走り去ると、羅は「仲良くなったのか？」と言って笑った。

優瑶はぶらぶらと歩き出す羅の後についていった。

「……あの子、借金のカタに売られたそうなんです」

羅は振り返り、笑顔《えがお》を消した。

「進んで娼妓の道を選ぶ女は、ほとんどいないだろう」

優瑶は、さっきから胸に重くのしかかるような苦しい気持ちを、どう外に吐《は》き出すべきか迷っていた。

「父親が高利貸しに手を出したって。それは、麦鬼のやり方を模倣《もほう》したところだったそうです」

「確かにお前の家のやり方はよくないものだったんだろう。だがそれと、あの娘《こ》の親が借金を抱えたこと自体は、なんの因果関係もない」

「そうかもしれません。でも、僕は、なんだか自分が恥《は》ずかしかったんです。何もわかっていない、自分が」

羅《ルオ》は、黙って優瑶の言葉を聞いていた。

「……僕は、義母から疎《うと》まれていたんです。だから心の中ではずっと、自分はかわいそうな人間なんだと思ってきました。でも、僕は恵《めぐ》まれていました。今もです。義母はもともと高級娼妓の出身でしたから、もしかしたらいろいろ苦労してきたのかもしれません。だから恵まれている僕を見て、イライラしていたのかもしれない、と今日思いました」

「辛《つら》い過去があったとしても、人に辛くあたっていいわけじゃないと、おれは思うがな」

「それは、先生がとても強くて優しい人だからです、きっと。そうできない弱い人もたくさんいるだろうし……。それに、人にはいろんな事情があるでしょう？」

羅は、優瑶を連れて水路沿いを歩き始めた。柳《やなぎ》や槐《えんじゅ》の緑が、鮮《あざ》やかに濃《こ》く水辺を彩《いろど》る。

「……お前は優しいな。そういうところに、おれは本当に癒《いや》される」

優瑶は逡巡《しゅんじゅん》した。

「羅先生、ずっと気になっていることがあるんです。うちはどうやって高利貸しをしていたのでしょう。僕は帳簿《ちょうぼ》を清書していましたが、裏ではどんな仕事をしていたのか……。もし暴利をとっていたなら、必ずお役所からお咎《とが》めが入るはずです。でも監査《かんさ》が入ったことはたぶん一度もない。それは変です」

羅は眉《まゆ》をつと寄せて、柳の葉を一枚取った。水路にかかる美しい石橋まで歩き、低い欄干《らんかん》に身を預ける。

「麦典当舗《マイてんとうほ》が急に大きくなったのは、ここ五、六年のことだったと聞いたが」

「ええ、七年前に父が再婚《さいこん》してから、とみに裕福《ゆうふく》になりました。昔の使用人は、しばらくして、すべていなくなりました。父のもとで長年管事を務めていた永《ヨン》さんという人も、結局義母に追い払《はら》われるような形でいなくなったらしいです」

「その永という者の名前と生まれはわかるか？　どんな外見をしていた？」

優瑶は知る限りのことを話した。羅はじっくりと聞き、口を開いた。

「実はな、おれには悪鬼《あっき》退治の協力をしてくれているやつがいる。前に妓楼でお前にも会わせたかった者というのは、そいつのことだ。その永 某《なにがし》も捜《さが》して、麦典当舗の実態を訊《き》いてみよう」

優瑶はこくりとうなずくと、大きく息を吐いた。

「……父がたくさんの人を苦しめていたなら、僕は父のしたことの責任を取りたいです」

「お前がそこまで責任を感じる必要はないだろう。そもそも実態すら知らんじゃないか」

「……いえ、僕にも責任はあります。知ろうとしなかった責任、自分は何もできないと思っていた責任です。自分で自分を憐《あわ》れんでいただけだったんです。止められてもなんでも、父に無理に会えばよかった」

羅は手に持っていた柳の葉を風に流し、まぶしそうに優瑤《ヨウヤオ》を見た。熱のこもった目でじっと見つめて、困ったようにふっと笑う。

「お前は、本当になんというか……」

静かに自責の念を感じていた優瑤は、小首をかしげて羅を見つめ返した。色の薄《うす》い髪《かみ》の毛が、ふわりと薫風《くんぷう》に舞《ま》った。

「奇貨居《きかお》くべし、だな」

羅がそう言って、優瑤の白い頰《ほお》を指先でごくわずかに撫《な》でた。

五

暑い時期になり、水辺近くで涼《りょう》をとる人が増えてきた頃《ころ》だった。

いつもの食堂で、優瑤は普段《ふだん》口数の少ない大将から「水路で変なもんが出るって噂《うわさ》がある」

と話しかけられた。

それを耳聡《みみざと》く聞いた客の一人が、「細鳴河《さいめいがわ》のもっと西じゃあ、最近人がよく飛び込むんだと。引っ張られるんだってよ」と口を挟《はさ》む。

今熱い話題なのか、すかさずほかの客も輪に加わった。

「おれが聞いたのは、張《チャン》という腕《うで》っぷしの強い荷運びが台市《だい》にいたんだが、気が触《ふ》れて、急に水に飛び込んだって話だ」

「おれも聞いた。でも最初は舟《ふね》がひっくり返される、釣《つ》り人の子が引っ張られるって騒《さわ》ぎになったけど、この頃《ごろ》じゃ、そんなことはなくなったって」

「なんだお前、知らないのか？　三水路でこの前、瓜《うり》を載《の》せた舟の乗り手が消えたって。王《ワン》のいとこが見たんだ」

話を総合すると、怪《かい》現象はこの燕幕《えんばく》城の近くにどんどん迫《せま》ってきているのだった。

「近頃《ちかごろ》、この話でうるさくってかなわねぇ」

大将が騒ぐ客を横目で睨《にら》んだ。

「羅先生に、話してみます」

話にびっくりしつつ答えると、大将は渋《しぶ》い顔で手を動かしながらうなずいた。

優瑶は部屋に戻《もど》り、羅を起こした。寝起《ねお》きが悪いのはもう慣れっこだ。優瑶は羅の手の誘《さそ》うままに体を横たえ、添い寝した。結局こうするのが一番早い。

「先生、起きてください」

「うん」

返事はいいのだが、優瑶の首元から一切《いっさい》顔を離《はな》さない。ぎゅうぎゅうと抱《だ》きしめてくるのに、本当に覚えていないのだから、毎回腹立たしくなってくる。

羅はいつものように優瑶のなめらかな頰に唇《くちびる》を何回か置き、しばらくしてごろんと仰向《あおむ》けになると、大きく伸《の》びをした。

「あ〜いい夢を見た」

優瑶は上体を起こして羅の顔を覗《のぞ》き込んだ。

「どんな夢ですか？」

羅はふふっと笑い、「……教えない」と言った。毎日のように繰《く》り返される、いつもの茶番である。

「瑶瑶《ヤオヤオ》、そんなしらっとした顔をするな。食べよう」

羅は起き上がってさっと服を着替《きが》えると、円卓《えんたく》についた。

「いい夢というのは、人に言ってはいかんのだ。吉《きち》が逃《に》げるからな」

「それなら思わせぶりに言わなきゃいいじゃないですか」

優瑶は口を尖《とが》らせてぶつぶつ言ってから、「最近水辺で変なことが起きているそうです」と告げた。

食堂で聞いた話を伝えると、羅はすぐに真剣《しんけん》な顔をして、匙《さじ》を置いた。

「燕幕城はおれが陣《じん》を敷《し》いているから、並の悪鬼は入れないが、もしかしてここに入る隙をうかがって、周りをうろうろしているのかもな」

夏だというのに、ぞぞっと鳥肌《とりはだ》が立つ。

「水路はな、境界だ。そこにいられるとなると厄介《やっかい》だな。水の中じゃ縄縄《ションション》も役に立たないし」

燕幕城は三方を水路に囲まれている。縄縄は羅の魂《たましい》を喰《く》い、白竜鞭《はくりゅうべん》という武器に姿を変えるのだが、水中に逃げられれば鞭《むち》は意味がないだろう。

「とりあえず、このあたりの水路を回ってみる。念のために虎斑《フーバン》は置いていくが、昼飯の時以外はこの楼《ろう》から出るなよ。何もしないで、ごろごろしていろ」

「はい」

羅は手早く朝食を食べ終わると、長袍《チャンパオ》の裾《すそ》を翻《ひるがえ》し、すぐに部屋を出ていった。

何もしないでいいと言われたものの、自分だけぐうたらしているのも悪い。優瑶は、みんなの世話をしようと楼の下に降りていった。これなら楼から出る必要もないし、大丈夫《だいじょうぶ》だろう。

虎斑は置いていくと言ったが、ここにはいなかった。窓から下を見ると、出て行く羅が何か言い聞かせているようだった。

優瑶の足元では、獅子《しし》の仔《こ》に似た動物がじゃれついている。狻猊《さんげい》という霊獣《れいじゅう》だ。まだ小さいが、立派な爪《つめ》や牙《きば》、たてがみを持っている。優瑶はもつれたたてがみに櫛《くし》をかけてやってから、自分の顔には布を巻いて鼻と口を覆《おお》い、床《ゆか》を掃《は》いた。

最近は馬《マー》先生の薬が効いているせいか、咳《せき》はずいぶん減った。掃除《そうじ》の時も、こうして埃《ほこり》よけをすれば全然大丈夫だ。

ちびの霊獣は、箒《ほうき》を追いかけてはぴょんと跳《と》んで捕《つか》まえる。獲物《えもの》だと思っているらしい。

「こら、邪魔《じゃま》しないの」

まとわりついてくる霊獣の仔を無視して、優瑶はまた下の層に行って窓を開けた。ここで飼っている鳥たちがいっせいに飛び立つ。彼らは夕方になるまで帰ってこない。

優瑶は抜《ぬ》けた羽を片付けて、昼ごはんにした。羅《ルオ》はまだ戻ってこない。

昼寝の後は二層目の床を拭《ふ》いてから、老いた亀《かめ》（霊獣だ）の甲羅《こうら》も拭いて、普通《ふつう》の亀（ただの長生きの亀だ）に餌《えさ》をやった。優瑶にずっとくっついている狻猊の仔は、霊獣の亀にちょっかいを出している。

留守番の縄縄が、優瑶の膝《ひざ》ににょろにょろと擦《す》り寄ってきた。縄縄も意外と甘えん坊《ぼう》で、羅のいない時を見計らって巻きついてくる。優瑶は縄縄を首に巻き、狻猊の仔を足にまとわりつかせたまま一層目に降りた。

ここは床を張らず、地面を掘《ほ》り下げて、敷地《しきち》のほとんどを池にしている。横の壁《かべ》には花窓が設けられ、奥の壁は円洞門《えんどうもん》のように大きく丸くくりぬかれて、柳《やなぎ》が揺《ゆ》れる水辺の夕焼けを絵のように切り取っていた。静謐《せいひつ》なこの場所が、優瑶は好きだった。

池の主は、とんでもなく大きな金魚だ。もはや巨大《きょだい》な緋鯉《ひごい》と言ってもいい。

実は、羅の部屋にもひれの美しい普通の金魚がいるのだが、ここにいるのは霊獣、いや霊魚である。そのため餌はいらないが、たまに羅が水面に指を突《つ》っ込み、魂を少しあげていた。

優瑶も真似《まね》をすると、チュパチュパ指を吸ってくる。鯉よりも目がつぶらでかわいらしい。名前はなかったので、優瑶が華波《ファボー》とつけた。

その華波の様子はどうだろうと池を見た時、優瑶は異変に気がついた。近づくといつも顔を出すのに、今日の水面は静かだ。

奥を見ると、円洞門の下部に設置された柵《さく》の扉《とびら》が開け放たれている。

「逃げちゃった……?」

世話する者として、大失態である。

優瑶はまとわりつく霊獣たちを地面に下ろし、慌《あわ》てて奥に走った。霊獣はみなこの楼に戻ってくるが、魚類の華波はちゃんと戻ってくるのだろうか。なにしろ指を入れたら、羅と間違《まちが》えて吸ってくるくらいである。

優瑶は泣きそうになりながら、池の縁《ふち》に膝をついた。身をうんしょと乗り出して柵に体を預け、外の碧《みどり》の水面に金色の影《かげ》がないかときょろきょろ捜《さが》す。

水を渡《わた》る生温《なまぬる》い風が、優瑶の頬を撫でた。妙《みょう》に生臭《なまぐさ》いにおいが鼻をかすめる。

その時、目と鼻の先の水面に、黒い藻《も》のようなものがふわっと浮《う》かび上がった。ゆらゆらと揺らめく、細い糸のようなもの。

じっと見ていると、それはさらに持ち上がり、水から出て、その下にある真っ白い石のようなものにぺたっと張りついた。

人の顔だった。

目が合った瞬間《しゅんかん》、頭の後ろから黒い異形のものがぶわっと噴《ふ》き出す。

「うわぁぁっ」

優瑶《ヨウヤオ》の襟首《えりくび》は、水面から顔を出した悪鬼《あっき》の長い腕に摑《つか》まれていた。この池は水路から水を引いていたことを、今さら思い出す。

優瑶は頭から水中に引きずり込まれそうになった。しかし後ろから強く引っ張るものがある。縄縄だった。

縄縄は優瑶の脚《あし》と狻猊の仔に巻きつき、その名のごとく縄《なわ》の役目をしている。狻猊の仔は四《し》肢《し》をふんばり、二体で優瑶を引っ張ってくれていた。

「ムガァッッ」

狻猊の仔が咆哮《ほうこう》を上げた。爪を地面に立ててこらえるが、優瑶はずるずると水に近づいていく。悪鬼の発する生臭いにおいで、優瑶は気が遠くなりかけた。

その時、「小猫《シャオマオ》!」という声がして、空から虎斑が飛んできた。悪鬼は優瑶を放し、すぐに水に沈《しず》む。

優瑶は反動で大きく後ろに飛ばされ、尻《しり》もちをついた。むぎゅっと変な感触《かんしょく》がする。

「グケッ」

「ごめん！　大丈夫!?」

縄縄が咄嗟《とっさ》にとぐろを巻いて、座布団《ざぶとん》になってくれたらしい。

普段《ふだん》鳴かない縄縄の潰《つぶ》れた声に、涙目《なみだめ》の優瑶は慌てて体をどかした。悪鬼と綱引《つなひ》きしていた狻猊の仔も、すっかりへばっている。円洞門をくぐり、虎斑が入ってきた。

「乗レ！」

虎斑が唸《うな》った。優瑶が縄縄と狻猊の仔を抱《かか》えて背に乗ると、虎斑は水路とは反対にある出口から飛び出た。

二層目の部屋に窓から入り、みんなで下を流れる水路を覗く。

「まだいるのかな……」

ぶるぶる震《ふる》える優瑶の横で、虎斑はお座りしたまま目を皿のようにして、水面を見ている。

「オレ、水遊ビ、好キ」

優瑶の中に、ぽっと疑問が湧《わ》き出た。

「虎斑だけでも、悪鬼を退治できないの？」

「シナイ。アイツラ、不味《まず》イ」

できるできない以前に、悪鬼を退治するという概念《がいねん》がなさそうだ。

「デモ小猫ハ、オレノ、弟。悪鬼ニハ、ヤラナイ」

心がじんと熱くなり、思わずふさふさの首に抱《だ》きついた。

「羅先生はどこなんだろう……」

虎斑はふと右下を向いた。優瑶もつられてそちらを見ると、水路の上を走ってくる羅がいる。

いや、走っているのではない。羅は腕組《うでぐ》みをして立っているだけだ。

その足元にいるのは――。

「……華波!?」

大きな鯉のような魚が凄《すさ》まじい速度で泳いでいる。優瑶はへなへなと腰《こし》が抜けた。

逃《に》げていなくてよかった。

「虎斑！」

羅が顔を上げて呼んだ。

「喰いに来い！」

大きな白虎《びやつこ》は舌舐《したな》めずりして、飛び出していく。虎斑はその勢いのまま羅の中に飛び込み、姿を消した。

羅の黒い髪《かみ》が白く光り、前髪がふわっと上がって、体が一回り大きくなる。羅はそのまま上に大きく跳んだ。直後に華波も飛び跳《は》ねる。巨大な鯉は、やはり羅の中に入って消えた。羅が水路に飛び込む。

日が翳《かげ》り、あたりはどんどん暗くなっていく。水路の水が大きくうねり、激しい水しぶきを上げた。時折碧の水を透《す》かして、羅の長袍《チャンパオ》と髪が薄《うす》く銀色に光る。

水面下で、激しい争いが繰《く》り広げられているようだった。

羅はずっと出てこない。息継《いきつ》ぎしなくても泳げるのは、華波の力によるものだろうか。

「だ、大丈夫《だいじょうぶ》かな……」

優瑶が泣きながらつぶやいた時、ガバッと羅の頭が水から出てきた。羅はとり憑《つ》かれていた男の体を左手で持ち上げている。そしてその体と、黒いもやのような悪鬼を無理やり引き剝《は》がした。

すでに死蠟《しろう》のようになった死体が、柳の下に放り投げられる。右手に悪鬼らしき黒いもやをつかんだ羅は、ひょうたんの蓋《ふた》を口で開けて吸い込んだ。

すべてが終わると、虎斑《フーバン》と華波が体から抜け出た。華波はすいすいと泳いで楼《ろう》の中に入っていく。柵の中に戻《もど》ったようだ。虎斑は背にぐったりとした羅を乗せて、窓から入ってきた。

「先生!」

羅は倒《たお》れかかるようにして、優瑶に身を預けた。ぐっしょりと濡《ぬ》れた体から、ぽたぽたと雫《しずく》が垂れる。悪鬼から感じた生臭いにおいがした。

「……体を、清めたい」

疲《つか》れ切った声に、優瑶は何度もうなずいた。

優瑶は服の上から羅《ルオ》を拭《ふ》き、着替《きが》え一式を手にすると、虎斑に手伝ってもらって湯屋まで運んだ。

ここには大浴場のほかに、いくつかの個室がある。店に入ると、威勢《いせい》のいい声が飛んだ。

「らっしゃい！　あれ、羅先生いつもと感じ違うねぇ」

個室を借りられないかと、優瑶は店の男に訊《き》いた。

「悪鬼退治の後でひどくお疲れなんです。僕、介添《かいぞ》えで一緒《いっしょ》に個室に入ってもいいですか」

「いいけど、本当は一人用だから、うるさくはしなさんなよ」

優瑶は礼を言った。金を払《はら》って石鹸《せっけん》を借り、火のついた線香《せんこう》を持って個室に向かう。線香が燃え尽《つ》きるまでが、個室を使用していい時間だ。それを扉の前の線香立てに挿《さ》すと、優瑶は羅を連れて中に入った。

自分は下着姿になり、羅の汚《よご》れた服を脱《ぬ》がせる。洗い場に座ってもらい、湯をかけて黒い髪を洗った。さらに石鹸を泡立《あわだ》てて、背中に手を滑《すべ》らせた。

首から肩《かた》にかけては山のようになだらかにつながり、肩甲骨《けんこうこつ》の下から脇腹《わきばら》にかけての強靭《きょうじん》な筋肉が艶光《つやびか》りしている。優瑶は、今までにないほどの胸の高鳴りを感じた。

強く、逞《たくま》しい男への憧《あこが》れ。その人に守られ、頼《たよ》られているという、倒錯《とうさく》的な甘い優越《ゆうえつ》。前に座敷牢《ざしきろう》の中で、羅に抱き起こされた時に感じた妖《あや》しい気持ちが、腹の底で再び騒《さわ》ぎ出した。

無表情の羅がゆっくり立ち上がる。優瑶はひざまずいて、引き締《し》まった臀部《でんぶ》から脚《あし》を洗った。

さらに前に回り、なるべく視線を上げないようにして、脛《すね》から膝《ひざ》、腿《もも》へと手を滑らせる。

少しためらってから、目を逸《そ》らしたまま立ち上がり、割れた腹をそっと撫《な》でた。驚《おどろ》くほど硬《かた》かった。恐《おそ》る恐る胸に手を伸《の》ばす。盛り上がった胸板《むないた》の厚みを感じると無性《むしょう》に恥《は》ずかしく、優瑶は手を引っ込めた。

羅が再び腰を下ろし、あぐらをかいた。優瑶が湯をかけようと小さな浴槽《よくそう》を見た瞬間、手首をつかまれた。

「まだ全部洗っていないだろう」

優瑶は真っ赤になって口ごもった。

「ま、前は……僕は、その」

目の前の男は、なんの感情も見えない、醒《さ》めた表情で、噛《か》んで含《ふく》めるように言った。

「これは、お前の仕事だ。優瑶」

ゆっくりと低い声で名前を呼ばれ、優瑶はびくりと体を震わせた。

強い、有無《うむ》を言わせない視線。そこから目を逸らせない。

手首を強く引っ張られ、その力に抗《あらが》えず、あぐらをかいた上に座る形になった。

手を取られ、腹の下に導かれる。そこは緩《ゆる》やかに立ち上がっていた。優瑶自身のものとは全然違《ちが》う、凶悪《きょうあく》とも言える太さだった。

手を筒《つつ》にして何回か往復させると、びくんと脈動し、いっそう硬くなる。優瑶《ヨウヤオ》は荒《あら》い息を吐《は》いて、目を瞑《つぶ》った。幹の下の、重たく下がるところを優《やさ》しく撫でて、すぐに手を離《はな》す。

目を開けると、羅は無表情のまま優瑶をじっと見ていた。腰に手が回され、引き寄せられる。

優瑶はその厚みのある体にくっついた。

視線を上げると、さらに近い距離《きょり》で目が合った。羅の中には、王のような尊大さと、獣《けもの》の恐ろしさが潜《ひそ》んでいた。今はもう、なんの霊獣《れいじゅう》もいないはずなのに。

頭の中で、あるいはこめかみで、血がどくどくと苦しいくらいに流れている気がする。

知らぬ間に息を詰《つ》めていたことに気がついて、優瑶はふっと息を吐いた。

背中を抱き寄せられて、泡《あわ》のついた体にぎゅうと密着する。優瑶はためらいながら、自分も幅《はば》の広い背中に腕《うで》を回した。二の腕が泡で心地《ここち》よく滑って、熱い肌《はだ》がこすれた。濡れて肌に張りつく下穿《したば》き越《ご》しに、硬いものが当たる感触がある。

思わず羅を見つめると、向こうもまた熱のこもった目で優瑶を見ていた。さっきよりも、何か内に秘《ひ》めたものを感じさせた。

優瑶の唇《くちびる》に、汗《あせ》か湯なのかわからない水滴《すいてき》が垂れる。反射的に舐《な》めると、羅は唇につと目を落としてから、また視線を上げた。端整《たんせい》な顔が、視界いっぱいにあった。

熱い鉄釘《てっくぎ》のような視線が、優瑶の胡桃色《くるみいろ》の瞳《ひとみ》と、桜桃《おうとう》の唇を粘《ねば》っこく往復した。

羅は少し口を開いて、顔を傾《かたむ》けた。鼻の先が、優瑶の小さく尖《とが》った鼻に触《ふ》れる。そのまま、また顔を反対に傾けて、犬が甘えるように鼻同士をかすかに擦《す》り合わせた。

「せんせ……」

まつ毛が触れそうな近さに、優瑶は翻弄《ほんろう》された。蒸気のように熱い息がかかる。こらえきれず目を瞑ると、唇に何かが触れた。柔《やわ》らかく、しかし強引《ごういん》に迫《せま》るものだった。

体に回された腕に力がこもる。

唇をゆっくりと舐められ、頭の中が焼き切れたようにカッと熱くなった。唇が離れたのを感じて目を開けると、凪《な》いだ湖面のようだった瞳に、欲情の光が見え隠《かく》れしていた。

優瑶は濡れた息を吐いた。羅が顔を傾け、また唇を挟《はさ》んで引っ張り、愛撫《あいぶ》する。されるがままに口を開き、熱く動く舌を受け入れた。

初めての官能に、優瑶は全身で応《こた》えた。抱き合う体はぬるつき、口の中も淫《みだ》らにもつれた。美しく隆起《りゅうき》する背中を、夢中でまさぐった。貧相《ひんそう》な白い体を蛇《へび》のようにくねらせて、厚みのある体に擦り合わせた。

羅はまた、覚えていないかもしれない。覚えていても、謝るかもしれない。でももう、どうでもよかった。

個室に、熱い吐息《といき》と湿《しめ》った水音が充満《じゅうまん》する。優瑶が大波のような色情に溺《おぼ》れかけた時、扉《とびら》がドンドンと叩《たた》かれた。

「ちょっと、とっくに時間過ぎてるよ！」

店の男の声が聞こえる。焦《あせ》った優瑶はバッと体を離した。

「すみません！　すぐ出ます！」

返した声は、動揺《どうよう》で裏返っていた。汚れた服も洗っていない。慌《あわ》てる優瑶の横で、羅は気怠《けだる》そうに濡れた髪《かみ》をかき上げていた。


翌朝、優瑶が目を覚ますと、横で見下ろす羅とパチッと目があった。寝台《しんだい》に腰《こし》かけて、じっと優瑶の顔を見ていたらしい。羅は「おはよう」と言って、控《ひか》えめに笑った。

「朝ごはん、食べよう」

「へ……」

優瑶は戸惑《とまど》いながら、もぞもぞと体を起こした。

今一瞬《いっしゅん》、羅はまだいつもの状態には戻っていないと思ったのだ。あの透徹《とうてつ》とした、近づきがたい雰囲気《ふんいき》があった。

しかしそれは目が合った瞬間に消えて、いつものへらっとした羅先生に戻っていた。

「先生、具合は……」

「あぁ、もういい。今日はすっきり起きられた」

その途端《とたん》、優瑶の目に涙《なみだ》が滲《にじ》んだ。

「す、すみませんでした。僕がぼんやりしていたから……柵《さく》が開いていて、華波《ファボー》が逃《に》げたのかと思って、つい身を乗り出して……」

急に瞳を潤《うる》ませる優瑶を見て、羅は狼狽《ろうばい》した様子で言った。

「柵はおれが開けたんだよ。華波に悪鬼《あっき》を捜《さが》させようと思って。おれのほうこそ、ちゃんと言わないで行ってしまって悪かった。すまない。瑶瑶《ヤオヤオ》は、毎日華波のところに行ってるんだなぁ」

落ち込む優瑶の背中を叩き、「ほら、食べよう」と言って羅は円卓《えんたく》に座った。見れば、油条《ヨウティヤオ》や豚肉《ぶたにく》、酸菜《スアンツァイ》などを蒸《む》した餅米《もちごめ》で包んだ粢飯団《ツーファンタン》と甘い豆乳が並んでいる。今朝は羅が食堂から持ってきてくれたらしい。

結局、昨夜は何もなかった。優瑶は、湯屋を出てから洗濯《せんたく》屋に汚れた服を預けに行ったのだが、部屋に戻《もど》ると、先に帰っていた羅はもう眠《ねむ》り込んでいたのだ。

「羅先生、今回は回復が早いですね」

優瑶が驚くと、羅はふと目を落とし、食べる手を止めた。

「あぁ。風呂場のあれが、効いたのかもな」

覚えていたのか。優瑶は目を伏《ふ》せた。何を言えばいいのかわからない。腹の中に、重く甘ったるい沈黙《ちんもく》が落ちる。

「……瑶瑶、悪かった。次からは、また妓楼《ぎろう》で養生する」

優瑶は、えっと驚いて顔を上げた。てっきり、「また今度も頼《たの》む」と言われるのかと思っていた。

「お前に無理をさせた。仕事だからと、無理強《むりじ》いした」

「無理強いなんて、そんな……」

羅《ルオ》は眉《まゆ》を寄せ、ため息をついて片手で目を覆《おお》った。

「いや、すまない。許してほしい。あんなことをするつもりじゃなかった」

優瑶の中で、薄い何かが割れたような気がした。

だからなのだろうか、胸が痛かった。でもこの人に罪悪感を持ってほしくなくて、優瑶は必死に言った。

「別にいいです。先生が早くいつもの状態に戻るなら、僕は、全然……」

「優瑶」

怖《こわ》い声で言葉を遮《さえぎ》られた。いつも浮《う》かべている笑《え》みはなく、怒《おこ》ったような顔をしていた。それでいて、その瞳は哀《かな》しげだった。

「お前はそれでいいのかもしれない。でもおれは、申し訳ないが、そんなふうな関係を、お前と結ぶべきでないと思っている」

優瑶は押し黙《だま》った。

浴びせられた言葉が強い風となって、心の中で荒《あ》れ狂《くる》う。

ひとひら、ひとひら、知らないうちに積もっていた恋心《こいごころ》と寂《さび》しさが、すべて一気に舞《ま》い上がり、ぐちゃぐちゃになって、ひらひらと舞い落ちた。

優瑶は席を立った。「癒録」を置いている棚《たな》に向かい、羅に背を向けたまま帳面を広げた。

「……口づけは、何点ですか」

深いため息と、長い沈黙の後に、「百点」という言葉が返ってきた。

優瑶は涙をこらえながら、思わずおかしくなって小さく笑った。泣きそうになっていることを知られたくなかったから、笑えたことに安堵《あんど》した。

「多すぎて、線を書ききれませんよ」

羅は静かに「それなら字で書けばいい」と言った。その声は、どこか冷たい響《ひび》きを帯びていた。

「こんなに点数を大盤振《おおばんぶ》る舞いしていたら、すぐに貯《た》まっちゃいます」

「悪鬼を退治したら、お前がおれのそばにいる理由もなくなる。それなら、早くおれに借りを返したほうがお前にとってもいいだろう？」

自分は、本当に悪鬼退治のために買われた存在だったのだなぁと、改めて優瑶は思った。胸の中がヒリヒリと痛かった。たぶん馬《マー》先生の薬でも、治らない痛みだった。

羅はいつもかわいがってくれるのに、深いところには入れてくれない。優瑶がどんなに好きでも、羅九《ルオジウ》は蔡《ツァイ》優瑶を特別な存在にはしないのだ。

それでも、いや、それなのに、こんなにいろいろとよくしてもらえる自分は、なんて恵《めぐ》まれた存在なのだろう。

「癒録」をしまい、優瑶《ヨウヤオ》は笑顔を作って振り返った。

「じゃあこれからもがんばって、点数を稼《かせ》ぎます。お皿、返してきますね」

わざとふざけた口調で言ったが、羅は目を合わせず、憂《うれ》いを含《ふく》んだ顔で窓の外を見ていた。

六

羅が「瑶瑶、ちょっと出かけよう」と言ったのは、櫨《はぜ》の葉が真っ赤に色づく頃《ころ》だった。

「春に、妓楼で会わせたい奴《やつ》がいると言っていただろう？　結局会えずじまいだったし、いろいろあって、こっちから出向くことになった」

羅は少し面倒《めんどう》そうだった。会えなかったのは、悪鬼に誘《さそ》い出された自分にも責任がある。優瑶はこくこくとうなずいた。

朝食を終えた二人は、虎斑《フーバン》に乗って出かけた。行き先は、王府近くの梅骨《ばいこつ》だ。着いたのは昼をとっくに過ぎてからで、虎斑は「疲レタ」と言って小さな林の中に降りた。

「お前はおれの魂《たましい》を食べすぎなんだ。だから体が重くなるんだよ」

羅はぶつぶつ言いながら、虎斑の首根っこをつかむと服の中に閉じ込めた。蛇の縄縄《ショウジョウ》は元から長袍《チャンパオ》でおとなしくしている。

二人はしばらく歩いて目的の家に向かった。街は豊かで、大きな邸《やしき》が多く並んでいる。羅は、その中でも一際豪壮《ひときわごうそう》な門構えの邸へ歩いていった。

門番は、羅を一目見るなり礼を尽《つ》くして、すぐに邸の中へ案内した。

大きな中庭を抜《ぬ》けて通された客間はとても洗練されている。調度品もみな落ち着いていて趣味《しゅみ》がいい。だが要所要所に旧王朝時代の派手な壺《つぼ》なども置かれていて、流行をきちんと押さえているあたりが心憎《こころにく》い。

奥にある大きな牀《しょう》には、板張りの上に西南諸国から伝来したと思われる豪奢《ごうしゃ》な毛織りの絨毯《じゅうたん》が敷《し》かれていた。そこに座り、長卓《ちょうたく》の前で酒を飲む男がいる。

その姿を見て、優瑶は飛び上がらんばかりに驚《おどろ》いた。妓楼で玉《ぎょく》の飾《かざ》りをくれた、あの文人風の美男子だった。

「遅《おそ》いですよ、葫《こ》蘆《ろ》先生」

古風な長衣を纏《まと》う優男《やさおとこ》はニッと笑い、優瑶を見て「これが噂《うわさ》の美童ですか」と、さも初めて会ったような顔をした。

「な～にが葫蘆先生だ」

羅はしらっと返すと、牀に上がって空いている杯《さかずき》に酒を注いだ。男は優瑶にも酒を勧《すす》めてくる。見慣れぬ赤い酒だ。

「西域から来た葡萄《ぶどう》の酒だ。美味《うま》いよ」

金の杯を渡《わた》され、優瑶は固まった。これは鍍金《メッキ》ではなく、純金製だ。

羅は戸惑《とまど》う優瑶の杯を横からかっさらうと、一気に飲み干した。

「この蔡優瑶は肺を患《わずら》っていてな。あまり酒を飲むとよくないんだ」

男は少し呆《あき》れた顔をしたが、優瑶を見るとにこっと笑った。穏《おだ》やかそうな中に、独特の図太さが見え隠《かく》れする。

「それなら代わりに茶と菓子《かし》を用意させましょう」

男は遠くで控《ひか》えていた下働きの者を呼ぶ。羅はいつもの人好きする笑みを封印《ふういん》し、ぶっきらぼうに男を紹介《しょうかい》した。

「こちらは景仁章《ジンレンヂアン》、弐秋官《にしゅうかん》だ。まぁ、今の世ではえら〜いお方だとでも思っておけばいい」

羅が酒を飲みながらひらひらと手を振った。

「嫌《いや》みですね」

景弐秋官は苦笑《くしょう》すると「閑職《かんしょく》だよ」と優瑶に向かって首をすくめた。

羅とは気の置けないやりとりをしている。この二人はどういう関係なのだろう。

その疑問を読んだかのように、羅が言った。

「おれは、この景弐秋官から頼まれて、あちこちの悪鬼を退治している」

「いえいえ、それはあなたの生涯《しょうがい》の仕事でしょう？　私は協力者の一人に過ぎない」

羅はチラリと優瑶を見ると、「全部の悪鬼が、おれに関係あるわけじゃないがな」と言った。

「彼に生家の話をしてやってくれ。貸し付けの仕組みを知りたいという、本人の希望だ」

弐秋官はいささか尊大な羅の態度に嫌な顔をすることもなく、優瑶をじっと見つめてから口を開いた。

「麦典当舗《マイてんとうほ》は范州《はんしゅう》でも指折りの質屋《しちや》だった。過酷《かこく》な取り立てを見逃《みのが》してもらう代わり、州高官に袖《そで》の下を送っていたと思われる」

優瑶はぽかんと口を開いた。

「君の家は、表では役所の決めた利率で金持ち相手に貸し付けていた。それはわかるだろう？　だが、実際のカモはそこじゃない。いくつもの借金を抱《かか》える庶民《しょみん》だ」

弐秋官はニヤッと笑って、酒を飲んだ。

「まず彼らの複数の借金を肩代《かたが》わりして払《はら》い、自分のところに一本化させる。最初は少額の返済で、低い利率に設定しているから一見返せそうに見えるが、その期間が極端《きょくたん》に短い。あっという間に借金は膨《ふく》らむ。だがそれでも取り立てない。もうどうがんばっても返せなくなりそうな時に、身ぐるみ剝《は》がして持っていく。役所には、なんとかならないかという訴《うった》えが多く寄せられていた。でもすべて無視されていた」

優瑶が困惑《こんわく》の面持《おもも》ちで羅を見ると、その気持ちを汲《く》んだように羅は説明をした。

「弐秋官とは、刑部侍郎《ぎようぶじろう》のことだ。上から二番目の役職だよ。だが皇帝《こうてい》の傍系《ぼうけい》だから、こうしてぶらぶらしていても許されている」

「ひぇっ」

優瑶は腰《こし》を抜かしそうになった。

刑部といえば、司法を担当する国の役所だ。そこに務めている天子様の血族なんて、雲の上の人も同然である。

優瑶は慌《あわ》てて姿勢を正し、頭を下げて深く礼を尽くそうとした。

「いい、いい。この人の前では、私なんてつまらない若造に過ぎないのだから」

景弐秋官はふふっと笑い、羅《ルオ》にチラッと目をやった。優瑶はその意味がわからず、首をひねった。二人が並ぶと、景のほうが年上に見えるのだが。

「私のところには、各地の怪奇《かいき》現象や残虐《ざんぎやく》な行いの情報が入るようにしている。おかしいなと思うものは、羅先生に報告しているんだ。そこで麦典当舗の話が入った」

景弐秋官は金の杯を持ったまま、優瑶に人差し指を突《つ》きつけた。

「獄卒《ごくそつ》のように責め、苛烈《かれつ》な取り立てをすることでつけられたあだ名が〝麦鬼《ばくき》〟だ。気になって羅先生に見てもらうと、やはり妖気《ようき》があった。だが義賊《ぎぞく》に先を越《こ》されて蔡は死に、悪鬼《あつき》はどこかに飛び散った。そして最近、范州のある高官の一人が妾《めかけ》を作った。その名は婕《ジエ》氏という。知っているね？」

義母の名が出て、優瑶は息を呑《の》んだ。久しぶりに、喉《のど》の奥が乾《かわ》いてくっつきそうになった。

「あの火事と掠奪《りゃくだつ》の中……義母は、無事だったのですか」

「逃《に》げおおせたなんて、おかしいだろう？　夫や店の者たちは、多数の暴徒に取り囲まれて私《し》刑《けい》に処されたというのに」

「やめろ」

青ざめた優瑶を見て、羅が強い口調で言った。そしてすぐに話題を変えた。

「三体もの悪鬼がとり憑《つ》ける人間はなかなかいない。その強い蔡《ツァイ》の魂の一部を喰《く》らって、悪鬼はまた強くなっている」

景弐秋官はにこやかにうなずいた。

「息子《むすこ》のもとにやってくるのでは、というあなたの読みは当たっていましたね。でも最近、変な騒《さわ》ぎはとんと起きていません」

羅は難しい顔で顎《あご》に手を添《そ》えた。

「うぅん……麦典当舗が襲《おそ》われてから、そろそろ一年ほど経《た》つな。三体目は、誰《だれ》かにとり憑いて、馴染《なじ》んだな」

優瑶が二人を交互《こうご》に見ると、羅が解説した。

「悪鬼にとり憑かれたら、普通《ふつう》は一年保《も》たない。もうそれらしい動きがないということは、お前の父の魂を喰らった悪鬼の一体は、すでに誰か別の者にとり憑いて、その中に潜《ひそ》んでいる可能性が高いということだ」

「そう。そしてこれは私の勘《かん》ですが、そやつは婕氏を妾に迎《むか》えた范州の徐同知《シュどうち》なのではないかと」

同知とは、州を治める知州のすぐ下の役職だ。義母がそんな位の高い男のもとに、父の亡《な》き後すぐに身を寄せたというのが理解できなかった。

義母は自分を疎《うと》んじてはいたが、店を大きくしたいという父に寄り添っているものだと思っていたのだ。悲しさと驚きが同時に襲った。

「羅先生、あなたが助平心を起こしてこの美少年を買ったおかげで、義賊の一部を捕《と》らえることができました。あの朱《ヂュ》という金魚屋を締《し》めたら、誰から買ったかあっさり吐《は》きましたよ」

「ちょっと待て。おれは邪《よこしま》な思いを抱《いだ》いて買ったわけじゃない。奴《やつ》があの店の一人息子と言うんで……」

憮然《ぶぜん》とする羅の言葉を弐秋官は遮《さえぎ》った。

「義賊の正体は、農奴《のうど》でも良民でもなく、ただの『幇《バン》』でした。ごろつき集団ですよ。麦典当舗が取り立てに使っていた奴らと、敵対関係にありました」

自分の家が、そんなやくざな者たちと関《かか》わっていたことに衝撃《しょうげき》が走った。

景弐秋官の話では、范州州府の中でも州法を改めて麦典当舗を取り締まるべきだと思う者はいたし、店があった雍耳《ようじ》県の県政を司《つかさど》る知県も州に何度か上奏していたそうだ。

「しかし実際には知州の耳に届いていなかった。范州の知州は、去年交代したばかりです。融通《ずうき》は利かないが、高潔の士として知られている男です。民《たみ》の訴えを、まったく無視する人物ではない。しかし彼は、麦典当舗の行状を襲撃《しゅうげき》後に知ったといいます。情報がどこかで潰《つぶ》されていた可能性がある」

また店が襲われた後、州の治安維持《いじ》を担当する按察使《あんさつし》が調べたところ、今回の義賊は武器に恵《めぐ》まれていたことがわかった。景弐秋官が店を調べようと動いていた矢先だったから、裏に何かあると考え、調べをさらに進めていたのだという。

「徐同知を知る者は、女や金にだらしなく、放漫《ほうまん》な生活をしている太った男と口を揃《そろ》えますね。新しくやってきた厳格な知州に収賄《しゅうわい》を知られることを恐《おそ》れて、幇《バン》に武器を提供し、義賊のふりをして襲わせたのではないか……というのが、私の見立てです。しかし、もし徐同知に悪鬼が憑いているとなると厄介《やっかい》です。だから羅先生をお呼びしたという次第《しだい》です」

「わかった。ではおれは徐宅に出向き、妖気の有無《うむ》を見よう。じゃ、今日は泊《と》まらせてもらって、いったん帰る」

「どうしてですか」

「優瑶《ヨウヤオ》を燕幕《えんばく》城に戻《もど》す。協力者であるお前のことも紹介したほうがいいかなと思って連れてきただけだ。この前は妓楼《ぎろう》で会わせ損《そこ》ねたし」

羅はさりげなく優瑶の横に寄り、舐《な》めるように優瑶を見る景弐秋官を牽制《けんせい》して言った。

「あなたのあのごちゃごちゃした城は、范州から遠いですよね。ここのほうが近いですから、優瑶君をここに置いていたほうが、何かあった時にすぐ駆《か》けつけられるのではないですか」

「ダメだ。悪鬼が来たら危険だ」

「ここなら多少の犠牲《ぎせい》が出ても平気ですよ。父母は別宅にいますし」

「優瑶に危険があるだろう」

「だからここにも陣《じん》を張ればいいんです」

羅は面倒《めんどう》そうな顔をした。

「前から言ってるじゃないですか。私の魂《たましい》は恐らくとても強いので、悪鬼がいつ来るかと心配で……」

景《ジン》弐秋官は袖で目元を覆《おお》い、よよと泣き崩《くず》れる真似《まね》をした。

「その面《つら》の皮の厚さがあれば、悪鬼もお前の中には入ってこられまい」

羅が呆《あき》れたところで、甘味《かんみ》が運ばれてきた。景が優瑶を見て、爽《さわ》やかに笑いかける。

「あぁ、来ましたね。どうぞ好きなだけ召《め》し上がれ」

並べられた品々を見て、優瑶は息を呑んだ。こんなに美しい菓子《かし》類は見たことがない。

皿には、林檎《りんご》を切って薔薇《ばら》の花の形にして焼いた菓子が、碗《わん》の中には、紫水晶《むらさきすいしょう》のような餡《あん》入《い》りの団子が、透《す》き通る糖水に沈《しず》んでいる。

「生地《きじ》が透けてるな。中の餡の紫色が綺麗《きれい》に映《は》える」

羅がもの珍《めずら》しそうに言った。景弐秋官が、盆《ぼん》を運んできた男に製法を訊《き》く。男は弐秋官に説明してから、優瑶のほうをじっと見た。その顔にどこか見覚えがある気がする。でも思い出せず、優瑶は細い記憶《きおく》の糸を手繰《たぐ》ろうとした。

「普通の湯円《だんご》と違《ちが》って、餅米ではなく南でとれる芋《いも》のでんぷんで練っているそうです」

景が説明する間に男は出て行ってしまい、記憶の糸は途切《とぎ》れた。

優瑶は弐秋官に促《うなが》されて、れんげを持った。

独特のもちもち感がある半透明《はんとうめい》の生地を噛《か》むと、中から甘い桑《くわ》の実の餡が出てくる。優瑶は声を震《ふる》わせた。

「おいしい……」

ほかにも、椰子《やし》の実と玫瑰《まいかい》の香《かお》りがする桜色の菓子や、栗《くり》や芋の餡を小麦粉の生地で包んで、花の形にして焼いたサクサクの菊花酥《きっかそ》など、目を楽しませる甘味がふんだんに並び、優瑶は目を潤《うる》ませた。

「こんなおいしいお菓子、僕は食べたことがありません……」

陶然《とうぜん》とする優瑶を、景弐秋官は酒を飲みながらじっと見つめていた。羅はしばし呆然《ぼうぜん》とし、それから表情をこわばらせると、「優瑶、あまり食べ過ぎないでくれ」と言った。

「あ、はい」

桃源郷《とうげんきょう》にいた心地《ここち》の優瑶は我に返り、恥《は》ずかしくなってうつむいた。

「いや、腹の余地を残しておいてくれと、そういう意味だ」

羅《ルオ》は慌てて補足した。そして「数日保《も》つものなら、いいか」とつぶやくと、「陣を張るから敷地《しきち》を案内しろ」と弐秋官を急き立てて部屋を出て行った。


一人残された優瑶は、じっくり味わいながら菓子を食べていた。

あまり食べ過ぎないよう、一口ひとくちを大事に咀嚼《そしやく》する。目を瞑《つぶ》り、口の中で広がる味と香りを確かめながら、ほぉっと息を吐いた。

しばらくそれを繰《く》り返し、ふと目を開けると、真正面に景弐秋官がいた。

「失礼しました」

全然気がつかなかった。優瑶は慌《あわ》てて姿勢を正したが、景弐秋官はにこにこしながらすぐ隣《となり》にやってくる。羅はまだ戻ってこない。

「とてもいい表情をしていたね。まるで、快感のあまりに昇天《しようてん》していたみたいだったよ」

「えっ？　あ、その……僕はあまり菓子を食べたことがないので」

「大店《おおだな》の一人息子なのに？」

「米の、薄《うす》い粥《かゆ》ばかりでした」

でも小さい頃《ころ》は、こんなに高価なものではないにしろ、月餅《げっぺい》を食べた記憶がある。義母が来る前のことだ。

弐秋官は「それはひどい」と痛ましそうに言い、優瑶の腿《もも》にそっと手を置いた。

「羅先生も大酒飲みだから、甘いものはあまり食べないだろう？」

「そうですね……」

「私のところなら、毎日菓子を出せるよ」

優瑶はその言葉に何か引っかかりを覚えたが、「これ、読んだ？」という問いかけに、思考は中断された。弐秋官は、部屋に一人で残された優瑶を気遣《きづか》ってか、小説数冊を下働きに運ばせていたのである。

「ごめんなさい、お菓子を食べるのに夢中で、まだ読んでいません。でも静張《ジンヂアン》の書いた『前代鬼縛譚《きばくたん》』は、前に読んだことがあります」

大人気の怪奇《かいき》小説集である。それを聞き、弐秋官は目を輝《かがや》かせた。

「どうだった？」

「とてもおもしろかったです」

弐秋官は満足そうにうなずくと、「それ、実は私が書いたんだ」と言った。

「えっ……えぇっ⁉」

「変名でね。あれ、羅先生の悪鬼退治話を下敷《したじ》きに書いたものなんだよ」

優瑶は大きな目をさらに丸くした。

そういえば、全篇《ぜんぺん》を通して、ひょうきんな老道士が出てくる。普段《ふだん》は寝《ね》てばかりだが、悪鬼退治では強い。その落差がおもしろかったのだが、あれは羅が元だと言われれば納得《なっとく》である。

「羅先生、そんなにたくさん退治しているんですね」

「まぁ、私の父や祖父から聞いた話も交ざっているよ」

あの人は、いったいいくつなのだろう。

「恐れながら、弐秋官様は、羅先生とのお付き合いは長いのですか」

弐秋官は、少し不思議そうな顔をしてから、破顔した。

「長い。というか、生まれた時からの付き合いだ」

それを聞き、優瑶はなるほどと納得した。それなら、こういうざっくばらんなやり取りにもなるだろう。

力のある道士というのはすごいものだ。そういえば、前に古い王族の血を引くと言っていたのを思い出した。実は親戚《しんせき》なのだろうか。

羅は、皇帝《こうてい》の血を引く貴族が遠慮《えんりょ》するような立場の人なのだから、「侍童《じどう》」である自分がその深いところに入れなくても、当然のことなのだろう。

以前は優瑶の中にふわふわと舞《ま》っていたものも、今は地面に落ちて、そよとも動かない。最近は、かわいがられているだけで十分だとも思う。

自分は羅の深い内面を知ることはできないが、それでもこうして特別に扱《あつか》われている。ここに連れてきてくれたおかげで、こんなにおいしいお菓子を食べられているし、充分《じゅうぶん》幸せだ。

……と、優瑶《ヨウヤオ》はいつものように自分に言い聞かせた。

「君は、どこまで羅先生のことを知っているんだい？」

「僕は、何も……」

たまに羅自身のことが知りたくて訊いても、大抵《たいてい》「忘れた」と言われるか、はぐらかされてしまう。それも寂《さび》しさに拍車《はくしゃ》をかける。

「先生の言葉の感じとか食事の好みで、北のほうの出身なのかな、と思うくらいで……」

「あぁ、確かにそうかも。莱超《らいちょう》の出身なんだろうから」

旧王朝の王府があったところだ。なるほど、羊をよく食べる地方である。

「悪鬼にも、強いもの弱いものといろいろいるけど、この前妓楼《ぎろう》街に出たものは強かったようだね。やはり凶王《きょうおう》に憑《つ》いていただけはある」

弐秋官は思わせぶりに言った。

凶王は旧王朝の伝説的存在だ。血を好み、民衆を虐《しいた》げ、この上もなく残酷《ざんこく》な刑罰《けいばつ》を与《あた》えて恐怖《きょうふ》を与えたという。その所業も、悪鬼が憑いていたと言われたら納得した。

だが、そんな人物に憑いていた悪鬼を、羅は退治しているのか。

「悪鬼って、そんなにいろいろいるんですか」

「あぁ。凶王に憑いていた悪鬼は軒並《のきな》み強いらしい。羅先生はそれを退治しているけど、実際に妖気《ようき》を見てみなければ強いか弱いかわからないからね。だから怪奇事件が起きればとりあえず見てもらうし、それで弱い悪鬼だったとしても羅先生は退治してるよ」

「なるほど。ではたくさんお話のネタがありますね」

弐秋官はうれしそうに笑った。

「いやいや、それがそうでもないんだ。まぁ弱い悪鬼というのはネタにもならないつまらないものが多いし、強いのはなかなかいない」

「でも、妓楼のと、水路のと、強い悪鬼が二体続いたのは……」

「久々だよ。だいたい三体もとり憑くなんて、君のお父さんはなかなかすごいね」

優瑶は複雑な心境だったが、弐秋官は相変わらず笑顔《えがお》だった。

「悪鬼は魂《たましい》の強い者に憑いて馴染《なじ》むと、その者の行動がかなりおかしくなるまで、外からはなかなかわからないんだ。普通《ふつう》の人には妖気があるなんてわからないしね。最近は二、三年に一体、出るかどうかだったから、羅先生も続けて退治できてうれしいだろう」

「先生は、そんなにずっと悪鬼を退治しているんですね……」

ぽつりと言った優瑶を、弐秋官はじっと見ていた。

「詳《くわ》しく知りたいなら、夜、二人きりの時に教えてあげるよ。私の部屋に来るといい」

弐秋官は笑顔で言ったが、その目は笑っていない。優瑶は胃の底が少しざわざわとした。

「……ありがとうございます。でも、お時間をとっていただくのも申し訳ありませんので、羅先生に直接訊《き》きます」

弐秋官は面白くなさそうに言った。

「ふぅん。教えてくれるといいね」

その言葉に、優瑶の胸がキュッと縮まった。

「話を戻《もど》そう。実はあの小説の中で一篇《いっぺん》だけ私の完全なる創作があって、それが一部で熱狂《ねっきょう》的に支持されてね。もっと膨《ふく》らませて、番外編を出そうという話になっているんだ」

「それはおめでとうございます」

「そこでぜひ君に協力してもらいたい。だからこの前、声をかけたんだ。君の容姿はまさに、私の理想だったからね」

弐秋官はぐいっと体を寄せた。太腿《ふともも》同士がぴったりとつくぐらいの距離《きょり》で、弐秋官は急に声を潜《ひそ》めた。

「あの玉《ぎょく》の飾《かざ》りのことは、羅先生には話したのかい？」

「えっ、いいえ……」

なんとなく怒《おこ》られそうな予感がして、言えていない。今だって、羅か虎斑《フーバン》が一緒《いっしょ》にいない時は知らない人としゃべってはいけないと言われているのだ。

自分でも、警戒心《けいかいしん》が薄くてどんくさいという自覚はあるから、そう言われるのももっともだとは思っている。

「じゃあ、今はどこにあるの？」

優瑶は心臓のあたりを押さえた。短袍《ダンパオ》の内側の袋布《ふくろぬの》に入れっぱなしだ。

「……ここです」

「そうか。ずっと持っていてくれてうれしいよ」

弐秋官は、胸を押さえる手の上に、そっと手を重ねた。

なんだか妙《みょう》な雰囲気《ふんいき》である。

横を振《ふ》り向くのが怖《こわ》くて、優瑶はうつむいたままこくこくとうなずいた。弐秋官はさらに背中に手を置き、ごく自然な手つきで下におろしていく。

ふと、あの小説集にあった一篇を思い出した。

「あの、弐秋官様が創作された話というのは……」

「『尻枕《しりまくら》』だ」

股間《こかん》一帯がひゅんと縮まった。

美少年の尻を愛撫《あいぶ》する、変態貴族の猟奇《りょうき》的な話を一気に思い出す。どうりであれだけ毛色が違《ちが》うのか。全身から冷や汗《あせ》がどっと出て、一気に体が冷える。

その時、「何やってるんだ？」と鋭《するど》い声がして、景弐秋官はさっと体を離《はな》した。

碗《わん》を手にした羅《ルオ》が険しい顔で近づいてくる。

「そんなに近くで話す必要はあるか？」

「彼が食べているお菓子《かし》について話していたのですよ。もう陣《ジン》は完成したのですか？」

弐秋官はしれっと言った。羅は二人の間に無理やり割って入り、碗を卓《つくえ》に置いた。

「終わった。五日は大丈夫《だいじょうぶ》だろう」

「ありがとうございます。それでは、そろそろ夕食を用意させましょう」

弐秋官がさっと出ていくと、羅はすぐに優瑶の顔を覗《のぞ》き込んだ。

「顔が赤いぞ。本当は何を話していた？」

優瑶は何をどこまで話すべきか、ものすごい勢いで考えていた。相手は仮にも、皇帝の一族である。あまりうかつなことは言えない。

「先生、あの本って、読んだことありますか……？」

羅は、優瑶が指差した例の本を一瞥《いちべつ》すると、「おれは小説の類《たぐい》は読まない」と言った。

「お前は読んだのか？」

「ええ、前に読みました」

優瑶は暗い表情でうつむいた。

「あの、弐秋官様は、奥様とかお子様はいらっしゃるのですか……？」

「いや、親は縁組《えんぐみ》させたがってるんだが、本人は気楽な独り身でいたいと言うんで、妾《めかけ》も一切《いっさい》作らない。最近じゃ親も諦《あきら》めているらしいが……それがどうかしたか？」

羅は怪訝《けげん》そうに言ってから、ハッとした顔をした。

「まさか、言い寄られたのか？」

「えっ？　いえ、言い寄られたというのとは違うような……」

言い寄るというより、忍《しの》び寄るというほうが近い。しかし羅は真剣《しんけん》な顔をしている。優瑶はどう言っていいかわからず、羅の持ってきた碗に目をやった。

「先生、それは？」

「ん？　あ、あぁ……お前のために、厨房《ちゅうぼう》を借りて作ったんだ」

「ここで、わざわざ……？」

羅は一瞬《いっしゅん》気まずそうにしてから、それを真面目《まじめ》な顔で隠《かく》した。

「お前がそんなに甘いものが好きだったなんて知らなかったから、すぐ食べさせたかった」

豆腐《とうふ》のようなものが入った碗が目の前に置かれた。腹に余裕《よゆう》を残しておけというのは、これを作るためだったのか。

「姜撞奶《ジアンヂュアンナイ》だ」

優瑶は匙《さじ》を持ち、乳白色のなめらかな表面を割った。そっとすくうと、ぷるぷると柔《やわ》らかな弾力《だんりょく》がある。

白いそれを口に含《ふく》むと、温かい牛乳のコクと生姜《しょうが》の爽快感《そうかいかん》、優《やさ》しい甘さが口に広がった。

「お、おいしい～～……」

優瑶はほわぁっと弛緩《しかん》した。変態貴族により冷やされた体が、穏《おだ》やかに温まっていく。

羅は満面の笑みでそれを見ていた。

「気に入ったか？」

「はい、とっても。毎日食べたいくらいです」

「それなら毎日作ってやる。おれはあんなに凝《こ》った菓子は作ったことがないが、これなら得意だ。牛の乳があれば、すぐできる。おれのところにいれば、いつでもお前が食べたい時に作ってやるぞ。いつでも」

羅は念を押すように言う。優瑶《ヨウヤオ》はせっせと匙を口に運びながら、こくこくとうなずいた。悪鬼《あっき》退治が終わったら、優瑶がいなくなると思っているくせに、どうして一緒にいることの利点を強調するのだろう。

またちょっと、寂《さび》しくなった。

「これはな、生姜の搾《しぼ》り汁《じる》に砂糖と温めた牛の乳を入れるだけなんだが、意外と難しい」

「そうなんですか」

「ああ、うまく固まらないことが多いんだ。でもおれは三十年以上作っているからな。これをすぐ食べたかったら、おれのところにずっといるしかないと思う」

一人うなずく羅を横目にして、優瑶はふと匙を置いた。

「先生は、おいくつなんですか……？」

羅はしまったというような顔をして、黙《だま》った。長い沈黙《ちんもく》の後、羅は「忘れた」とだけ言った。

優瑶の胸が、またミシミシと痛みを持って塞《ふさ》いでいく。

弐秋官《にしゅうかん》は知っているのに、自分には教えてはくれない。だが、それも過ぎた望みなのだろう。

「先生は、いつも何も教えてくれませんね」

優瑶は寂しさをこらえ、小さく笑った。

「おいしかったです。ありがとうございました」

「瑶瑶《ヤオヤオ》、本当にちゃんと覚えていないんだ」

羅は、優瑶の諦めた表情を見て、焦《あせ》ったように言った。

「言いたくないなら、いいです、別に」

「そうじゃないって……」

羅は狼狽《ろうばい》した表情で頭を掻《か》き、ため息をついて、言いにくそうに何度か口を開きかけては止めることを繰《く》り返す。

しばらくして何かを吹《ふ》っ切るように姿勢を正した。

「もう、長すぎて。下界にいなかった時もあるし、何代も暦《れき》が変わったから」

優瑶は、思わず羅を見つめた。どう見ても、二十代半ばに行くか行かないかくらいの容貌《ようぼう》だ。

羅は眉間《みけん》を寄せて一度目を閉じ、それから優瑶の目をしっかりと見て口を開いた。

「……おれの本当の名は、羅享将《ルオシャンジアン》。祖父は麟《りん》時代の最後の皇帝《こうてい》だ。父は羅享基《ルオシャンジー》。おれはその九番目の息子《むすこ》だ」

「……まさか。だって麟は……」

百五十年以上前に滅《ほろ》びた、旧王朝だ。まさか目の前にいる人が、そんなに昔から生きているとは思えない。

与《あた》えられた情報を整理しきれず、優瑶の頭は混乱した。

「つまり、先生って……」

羅は、静かで、哀《かな》しげな眼《め》をしていた。それに気がついたが、優瑶は思わず言ってしまった。

「とてもおじいちゃんだということですか⁉」

羅の頭がガクッと垂れた。

「まぁ……そうだな」

「そっか……だから細かいことが苦手で、いろいろ覚えていないんですね」

「いや、昔からそうだったかもしれない」

「昔って、ものすごい前のことなんでしょう？」

羅は困ったように口を結び、腕《うで》を組んだ。それから、突然《とつぜん》笑い出した。ひょうたんの紐《ひも》に下げた小さな巾着袋《きんちゃくぶくろ》から、「癒録」と筆を取り出す。

「瑶瑶、十点つけていい」

優瑶は怪訝な顔をした。それを見て、羅がどこか陰《かげ》のある笑《え》みを浮《う》かべた。

「現代っ子は、旧王朝の伝説の王の名を、もはや知らんのだなぁ」

七

次の日の朝早く、羅《ルオ》は徐同知《シュどうち》の家へと出かけて行った。優瑶はそれを門まで見送ってから、部屋に戻《もど》ろうと中庭に入った。

その時、後ろから「坊《ぼっ》ちゃん！」と呼びかける声がある。振《ふ》り返ると、痩《や》せた六十代くらいの男が立っていた。昨日、菓子《かし》を給仕《きゅうじ》してくれたあの男だった。

「優瑶坊ちゃん……お元気で、いらっしゃいましたか」

男は涙《なみだ》ぐんだ。戸惑《とまど》う優瑶に、「永《ヨン》です。永秀乍《ヨンシウザ》。ずっと前に、蔡《ツアイ》の旦那《だんな》様の下で管事をしていた……」と言った。

「あっ、永さん……！」

以前、麦典当舗《マイてんとうほ》で父の右腕《みぎうで》として働いていた人だった。優瑶は懐《なつ》かしさのあまり、思わず駆《か》け寄った。永の横には景《ジン》弐秋官がいる。

「君が、この永のことを言っていたんだろう？　羅先生を通じて聞いた。捜《さが》すのに、なかなか骨が折れた」

永は、優瑶の記憶《きおく》にある姿よりもだいぶ老《ふ》け込み、かなりやつれていた。

「坊ちゃんのおかげで、今はこのお邸《やしき》で働かせてもらえることになりました……」

景弐秋官は「まぁ積もる話もあるだろう」と、縁台《えんだい》に茶を運ばせて二人を残した。

永は背を丸めて座り、店を辞《や》めてからの来し方をぽつぽつと語った。

「坊ちゃん、私は誓《ちか》って、店のものを着服などしていません。なんの証拠《しょうこ》もない、言いがかりです。それなのに、あの女があちこちに言いふらしたせいで、私はどこの店にも勤めることができませんでした」

それで質屋稼業《しちやかぎょう》は諦《あきら》めて、港での荷運びなどの慣れない肉体労働で食いつないでいたという。

優瑶の父は、婕氏《ジエ》と再婚《さいこん》した後、だんだんと人が変わっていった。もともとしたたかなところはあったが、それはまっとうな商売人が持ちうる範囲《はんい》のもので、それまでは決して非道な商《あきな》いなどしていなかった。

しかし、裏で高利貸しを始めるようになると、それを嫌《いや》がった者には容赦《ようしゃ》なく暴力をふるうようになり、蔡家に長く勤めていた者は、次第《しだい》に辞めていった。家業に関《かか》わらない下働きの者は残っていたが、彼らも一人、また一人といなくなっていく。

不審《ふしん》に思った永が事情を訊《き》くと、女は婕氏に嫌がらせをされて耐《た》えきれなくなり、男は婕氏に手を出そうとしたという根も葉もない話によって主人の怒《いか》りを買ったためだった。

永は何度も主人を諫《いさ》めたが、聞き入れられなかった。辞めようとしたが、優瑶のことが心配だった。

「私は、旦那様と亡《な》くなられた奥様と、三人で店を軌道《きどう》に乗せていったんです。坊ちゃんは、独り身の私の、子ども同然でした」

優瑶はそれを聞いて、思わず泣きそうになった。懐かしい記憶がよみがえる。父と母は忙《いそが》しく、父よりも少し上の永に遊んでもらうことは多かったのだ。

「坊ちゃんは、昔から喉《のど》が弱かったでしょう。でもだんだんと体は強くなっていたのに、あの女が来てから、坊ちゃんはまた咳《せき》がひどくなって……。坊ちゃんに会いに行くことも、体に障《さわ》るというんで禁じられました」

「そうだったんだ……。全然知らなかった。僕はずっと、一人きりだったんだ」

永は、怒りで声を震《ふる》わせた。

「旦那様に、坊ちゃんのところへ行っているのか訊いても、いつもはぐらかされるんです。でもお医者に診《み》せて高価な薬をもらっているというんで、私も最初は納得《なっとく》しました。でも、全然よくならないそうじゃないですか。私は、街で評判のお医者を呼ぼうとしたんです。でもあの女に止められました。勝手なことをするなと。それで女中たちに確認《かくにん》したら、お医者なんてもうずっと来ていないじゃありませんか……。あの女が、旦那様に嘘《うそ》をついていたんです」

「うん。僕が飲んでいた薬は、毒になるものだったらしいんだ。咳が止まらなかったのも、そのせい」

優瑶がぽつりと言うと、永は低く嗚咽《おえつ》した。

「坊ちゃん、すみません。とにかく、元気でよかった……」

永は涙を拭《ぬぐ》った。優瑶《ヨウヤオ》も半泣きになりながら、父のように慕《した》っていた永を追いやった存在に、この苦しさをぶつけてやりたいという悔《くや》しさが湧《わ》き出てくるのを感じていた。それは生まれて初めて感じる、強い怒りの感情だった。

「今、婕氏は范州《はんしゅう》の同知をしている徐という人の妾《めかけ》になっているらしいんだ……なんだか、おかしいよ」

父は割り切ったところのある人だった。それじゃなきゃ、小さな子どもに、「この世間はすべて唇歯《しんし》輔車《ほしゃ》の関係同士」なんて教えない。だが、決して非情な人ではなかった。昔は、貧しい人には多めに融通《ゆうずう》したり、期限を多少延ばしたりすることだって珍《めずら》しくなかったという。父は、やはり再婚で人が変わってしまったのではないか。義母と徐が、父を嵌《は》めたのかもしれない。

これまで、義母を恐《おそ》れこそすれ、憎《にく》んだことはなかった。いや、妓楼《ぎろう》の少女と話してからは恐れも昇華《しょうか》されて、あの人もこれまで大変な思いをして生きてきたのかもしれないと、その在り方を優瑶なりに受け入れられるようになっていた。それなのに。

優瑶の心に、青白い憎しみの炎《ほのお》が灯《とも》った。

「優瑶、大丈夫《だいじょうぶ》か⁉」

日がだいぶ落ちてきた頃《ころ》、羅が血相を変えて客間に入ってきた。咳止《せきど》めの茶を飲んでいた優瑶は、びっくりして茶をこぼした。

「大丈夫ですよ。だって、ここのお邸《やしき》に陣《じん》を張ってくださっているんですよね？」

「悪鬼《あっき》じゃない、景仁章《ジンレンヂァン》のことだよ！」

羅は卓《つくえ》を拭《ふ》く優瑶の肩《かた》をつかむと、「何もされていないか⁉」と真剣《しんけん》な顔で訊いた。

「えっ？」

優瑶が動揺《どうよう》すると、羅は眉間《みけん》に皺《しわ》を寄せる。

「行きと帰りで、あの小説を読んだぞ。お前が読んだかと訊くから」

「先生は虎斑《フーバン》に乗りながら本を読めるんですか？」

「俥《くるま》でだよ！」

羅は間髪《かんはつ》容《い》れずに答えた。

「途中《とちゅう》までは虎斑に乗ったが、街中では俥を借りた。霊獣《れいじゅう》に乗ってたら目立つだろう？　そんなことより、あの本はあいつが書いたものだな？　だいたいの話はいいとして、なんだ、あの最後の卑猥《ひわい》な話は！　あれ、あいつの願望だろう！　お前のことを話した時からやたら会いたがっていたが……帰り道、心配でたまらなくなって、虎斑に急いでもらった」

優瑶は、まくしたてる羅をぽかんと見ていたが、ふと視線を落とした。

「……景弐秋官様に、君は私の理想だと、言われました」

羅は目を見開き、優瑶の肩をつかむ指にぐっと力を込めた。

「あいつがお前をどういう目で見ているのかと思うと、はらわたが煮《に》えくり返りそうだ」

「……それは、どうしてですか」

優瑶は伏《ふ》せていた目を上げた。羅は急に困惑《こんわく》した顔になった。

「どうしてって……心配だから」

「それは、僕が傷つけられたくないからですか」

「そうだ」

「それは、僕のことを愛してくださっているからなのでしょうか。性愛とは違《ちが》う意味で」

羅は酔《よ》いから醒《さ》めたような顔をして、すっと手を離《はな》した。

「……羅先生は、前に、誰《だれ》も愛せないとおっしゃっていましたが、じゃあ僕に対する気持ちって、なんなんでしょう」

風呂場《ふろば》で濃密《のうみつ》に触《ふ》れ合ったことを、この人はどう考えているのだろう。自分は邪《よこしま》な心で買ったんじゃないと言うくせに。

こうやって、羅は優瑶を無自覚に翻弄《ほんろう》する。もう我慢《がまん》ができなかった。

自分のところにいればいいと菓子で釣《つ》り、でも悪鬼を退治し終わったらお前はいなくなるんだろうと内心思っている。ひどい人だ。

「……愛着を持っているよ、お前に」

羅《ルオ》は長い時間をかけてから、誠実な顔で答えた。それを見た優瑶の胸は、ぎゅうっと引き絞《しぼ》られた。

「僕は……愛着以上の思いを、持っています」

「それは、雛《ひな》が親鳥を慕うのと同じだよ。優瑶」

「……違います」

「お前は最初、男と枕《まくら》を交《か》わすことなど望んでいないと言っていたはずだ。それが本当のお前の心だと思う。おれに買われ、悪鬼に狙《ねら》われるこの環境《かんきょう》で、変わっただけだ。それは、いわばお前の生存戦略なんだ。おれに守られねば、生きてはいけないから。お前がおれを慕うのは、言ってみれば、当たり前の感情なんだよ」

確かにそうかもしれない。それを否定する材料を、何も持っていない。でも今ある気持ちまで、自分で否定できない。

優瑶はまばたきもしなかった。目がじんじんと熱く、今にも涙《なみだ》がこぼれそうだった。

「でもそういう状況《じょうきょう》のお前に、おれは愛着以上のものを抱《いだ》くべきではないし、きっと真の意味でも、おれは抱けないと思う」

「……どうして」

張りつきそうになっていた喉をこじ開けて、ようやく絞り出した声は細かった。

羅は優瑶をじっと見据《みす》え、しばらくして視線を外した。

「……おれはな、もう道士ではなく、仙《せん》なんだ。仙になる過程で、あらゆる愛を捨てた」

羅は、どこか遠くを見る目をした。

「どうしてそこまでして仙になりたかったか、わかるか？　強い力を得て、父を倒《たお》すためだ。おれの父の名を聞いても、お前にはピンと来なかったようだが、麟《りん》の凶王《きょうおう》と言えばわかるだろうか？」

優瑶は、目をいっぱいに開いた。

血に飢《う》えた王。人を虐《しいた》げることに楽しみを見いだした、狂《くる》った男。人口を三分の一にまで減らした、恐怖《きょうふ》の為政《いせい》者。

子どもを嬲《なぶ》り、妊婦《にんぷ》を狩《か》りの獲物《えもの》とし、女の肉を食べて男たちを兵として死ぬまで戦わせた。そういう伝説の、王。

羅はふっと寂《さび》しそうに笑った。

「今流布《るふ》している父の話は、ほとんどが後代の創作だ。だがひどい圧政を敷《し》いたし、刑罰《けいばつ》が厳しくて残酷《ざんこく》だったのは本当だ。特に逆らったやつには容赦《ようしゃ》しなかった。おれはそういう父を最初は見ないようにしていた。おれは息子《むすこ》の中では一番下で、かわいがられていたからな」

そう言う羅享将《ルオシャンジアン》の表情は、痛みをこらえて平静を装《よそお》っているように見えた。

「だが次第《しだい》に、父は愛妾《あいしょう》の一人以外をすべて遠ざけるようになった。父を諫《いさ》めた一番上の兄が、その妻子や外戚《がいせき》も含《ふく》めて滅《ほろ》ぼされたのを見てから、おれは自分の身を守るために仙術を習うようになった。そうなって初めて、父には多数の悪鬼が憑《つ》いているとわかった」

羅は、静かに語りだした。

父親がすでに凶王と呼ばれていた頃、道士となっていた羅は、ある老人に会った。老人は、「仙になって父を倒したいか」と羅に訊《き》いた。その気配や行いで只者《ただもの》ではないと悟《さと》った羅は、老人について山に入り、どんなことがあっても合図があるまでは絶対に口をきかないという誓《ちか》いを立てさせられた。

「その後すぐに、おれは父と戦うために山を下りた。おれのもとに、かわいがっていた妹が身を寄せた。母も来た。友も来た。だが、父の兵によっておれは捕《と》らえられ、降伏《こうふく》すると言わなければ家族や友を殺すと言われた。それでもおれは一切《いっさい》声を出さなかった。愛していた人たちみんなが、残虐《ざんぎゃく》な方法で苦しめられ、順々に殺されるのを見ていた。おれは兵から拷問《ごうもん》にかけられたが、ずっと声を出さなかった。そして、おれは大勢の前に引き出されて父の前で処刑《しょけい》された。おれは一度死に、さまざまなものに生まれ変わって、長い時間の後にまた人になった。定められた相手と結婚《けっこん》し、子どもができた。平穏《へいおん》に暮らし、彼らを愛《いと》しいと思っていたが、しゃべることはしなかった。……妻子が、おれの目の前で突然《とつぜん》事故に遭《あ》って死んだ時ですら、おれは涙も流さなかったんだ。そこで、ふと目が覚めた。おれは元いた山にいて、寸刻も経《た》っていなかった。おれは、仙になる許しを与《あた》えられた」

優瑶は、一言も口を挟《はさ》まず聞いていた。

こちらを向いた羅は、また哀《かな》しげな瞳《ひとみ》をしていた。

「祖父は、もちろん凶王と呼ばれた息子に帝位《ていい》を継《つ》がせるつもりはなかった。だが皇帝《こうてい》が崩御《ほうぎょ》した後、凶王は簒奪《さんだつ》を狙って自分の兄弟一族を皆殺《みなごろ》しにした。おれは、一介《いっかい》の地方官に過ぎなかった景《ジン》という男と共闘《きょうとう》し、父の意に諾々《だくだく》と従う兄たちを殺し、父を倒した。だがその時のおれには力が足りず、父の肉体を滅《めっ》しただけで、悪鬼《あっき》は外に飛び散った。麟王朝は滅び、景は新王朝の始祖となった」

「では、弐秋官様は……」

「その景の、何代目かの子孫だな」

羅はまた遠くを見た。

「おれは、父に憑いていた九十九の悪鬼を退治するために、この長い時間を生きている」

心の中に、すとんと落ちるものがあった。

あぁ、だからこの人は、もう生きること自体が面倒《めんどう》になっているのだ。

「それを羅先生が、すべて一人でしなければいけないんですか……？」

「もう残っているのがおれだけだからな。それが父を止められなかったおれの責任のとり方だし、圧政を敷いた民《たみ》への償《つぐな》いだ。悪鬼のいない世にする義務が、おれにはある。お前も言っていただろう？　自分にも責任があると。お前は、家のことには何も関《かか》わっていないのに」

羅は、困ったように笑った。

「すまんな、瑶瑶《ヤオヤオ》。おれは長い間一人で、日々に飽《あ》いていたんだ。おれは時間をかけて強くなり、悪鬼は数が減ってなかなか姿を見せなくなる。だから、つい自分の境遇《きょうぐう》とどこか似ているお前を引き取ってしまった。お前は見目形も、魂《たましい》も、とても美しい。それで無意識のうちにお前に度々《たびたび》つけこんだ。情欲に流されたんだ。それはすべきことではなかった。悪かった」

「僕は、嫌《いや》だなんて全然思っていません」

羅はふっと大きくため息をついた。

「……おれのこの身には、凶王と呼ばれた男の血が流れているんだよ。ただ進む方向が違っただけで、おれの性質は父によく似ている。こんなこと、お前に言いたくはなかったが」

そこでまた羅は言葉を区切り、一息に言った。

「おれは、目的達成のために、どこまでも非情になる。あらゆる愛を切り捨ててしまう。捨ててはいけないものを捨て、人でなくなったからだ。そういう男に、愛着以上のものを抱かないほうがいい」

優瑶《ヨウヤオ》の目から思わず涙がこぼれた。羅がかわいそうだった。

でも優瑶では、その大きな孤独《こどく》や深い欠損を埋《う》められないのだ。せいぜい、霊獣《れいじゅう》に喰《く》われた魂を癒《いや》すくらいで。

「だからお前は、いつまでもおれのところにいないほうがいいんだ、きっと。その分だけ、情が濃《こ》くなるから」

羅は哀しそうで、でも優《やさ》しい表情をしていた。

泣きながらうなずく優瑶の頭に、羅がポンと手を置いた。また、こういうことをする。前から抱《だ》き寄せられながら、あぁ、ひどい人だと優瑶は思った。

夕方、景弐秋官が仕事から帰ってきた。さっそく一席がもうけられ、弐秋官は羅に酒を勧《すす》めながら訊いた。

「羅先生、首尾《しゅび》のほどは」

「お前の見立てどおり、徐《シュ》の家から確かに強い妖気《ようき》を感じた。三体の中で、一番強い予感がする。邸《やしき》ごと陣《じん》を張ろうかと思ったが、そうなると奴が出府する際に邸から出られず、気づかれる可能性がある。一応然《しか》るべきところに呪符《じゅふ》を隠《かく》し置いて、準備だけはしてきた。退治の直前に張るのがいいだろう」

「……なるほど。悪鬼退治の際は、直後に身柄《みがら》を押さえるようにしたいと思っています。すでに按察使《あんさつし》には連絡《れんらく》済みです。いつでも出られるよう、兵の準備を整えさせています。蔡《ツァイ》家の二の舞《まい》にならないよう、物理と心霊《しんれい》、両面から固めねば」

「わかった。近日中に動こう」

優瑶は、豪華《ごうか》な料理を黙《だま》って食べていた。羅は、尋常《じんじょう》ではない勢いでがばがばと酒を飲んでいる。きっと、さっき話したことがそれなりに尾《お》を引いているのだろう。

「このままだと、我が家の酒はみな飲みつくされてしまいそうですね」

そう言う弐秋官は嫌な顔もせず、優瑶をまたじっと見つめている。居心地《いごこち》が悪かった。

羅《ルオ》は、そんな弐秋官に絡《から》むように訊いた。

「……景仁章《レンヂアン》、お前は一族の中でも悪鬼退治にかなり協力的だが、それはどうしてだ？」

唐突《とうとつ》な質問に景は意外な顔をしたが、ふっと笑った。

「おもしろいじゃないですか」

羅が軽くにらんだのを見て、弐秋官は手を振《ふ》った。

「……というのもありますが、本当にこの国から悪鬼を減らしたいんですよ。西域では、昔はいた悪鬼の類《たぐい》もかなり少なくなっていると聞きます。あるいは、小粒《こつぶ》になったとか。こちらでも旧王朝の残党を滅すれば、あとは小粒なものばかりじゃないですか？　我が国は、世界の太陽であり続けると考えるおめでたい者も多いですが、近代化の波に取り残されてはいずれ西南諸国に後《おく》れをとり、滅びてしまう」

羅は興を削《そ》がれたような顔をして酒を飲んだ。

「凶王に憑いていた悪鬼を退治し終えたら、おれもお役御免《やくごめん》だな。旧王朝の残党の一人として、滅するよ」

「そんなつもりで言ったんじゃないですよ、嫌みだなぁ」

羅はひょうたんについていた巾着袋《きんちゃくぶくろ》から短めの簫《しょう》を取り出すと、一言の断りもなく吹《ふ》き始めた。いつも興にのると突然《とつぜん》吹き始めるのだが、今日の曲は、これまで聞いたどんな曲よりも哀《あい》愁《しゅう》が漂《ただよ》っていた。

弐秋官は、牀《しょう》にごろりと横になってそれを聞いている。腹がいっぱいになった優瑶は、次第《しだい》に眠《ねむ》くなってきた。その様子に気がついて、羅が演奏をやめた。

「瑶瑶、横になって寝《ね》たらどうだ。今、ふかふかの敷物《しきもの》を出してやる」

「いえ……そんな」

景の前で横になるのは、いろいろ心配だ。

「いいから、いいから。おれも絶対そばにいるから、安心しろ」

珍《めず》しいことに、羅はかなり酔《よ》っているようだった。普通《ふつう》の人なら死んでもおかしくない量を飲んでいるのだから、当然かもしれない。

羅は長袍《チャンパオ》の裾《すそ》から嫌がる虎斑《フーバン》を引っ張り出し、手刀を振り下ろした。

「打開《ダーカイ》！」

その迫力《はくりょく》ある声にびっくりした直後、憐《あわ》れな虎斑は魚の開きのようになっていた。

「ほら、寝ろ。ぺったんこだ」

羅は優瑶を敷物になった虎斑の上に寝かせた。優瑶はすっかり目が覚めてしまったが、それを言うことができず、寝たふりをした。

それでもふさふさの毛に包まれていると、次第に眠くなってくる。しばらくうつらうつらしていると、羅が牀の周りで独特な歩《ほ》を踏《ふ》んでいるのに気がついた。

「何してるんですか、それ」

弐秋官の声がして、羅がふっと笑う気配があった。

「これはな、禹歩《うほ》と言う古い呪《まじな》いだ。優瑶の体の毒を消すために、毎晩やっている。長く蝕《むしば》まれて、魄《はく》が弱っているから」

ドキンとして、一瞬《いっしゅん》目が覚めた。しかし、眠気《ねむけ》はすぐにやってくる。寄せては返す波のような眠気に引きずられながら、優瑶は必死に耳をそばだてた。

「まず右足を上げて陰《いん》の気を吸い、地に降ろして陽の気を入れ……」

しかし、長い説明を聞いているうちに寝てしまったらしい。

朝、目を覚ますと、隣《となり》で羅が寝ていた。その横で弐秋官も寝ている。

優瑶が起き上がった気配を察知したのか、羅がわずかに動いた。少しして、弐秋官のほうに寝返りを打つ。優瑶はぼんやりとその様子を見ていた。

案の定、羅は弐秋官にぎゅっと抱《だ》きついたが、抱きつかれたほうは泥酔《でいすい》していて微動《びどう》だにしない。しかし抱きついた瞬間、羅は首元に鰻《うなぎ》を入れられたかのような動きでパッと体を離《はな》した。すぐさま逆方向に寝返りを打ち、寝ながらぱたぱたと手を動かして牀を打つ。何かを探しているようだ。

試《ため》しに優瑶がそのあたりに体を横たえると、手はさわさわと動いて、抱き寄せられた。羅が後ろから首元に顔を埋《うず》め、すっと大きく息を吸う。それから満足そうに大きく息を吐《は》いた。覚えていないといいながら、ちゃんと人を選んでいるのだ。

優瑶は、ばかばか、と心の中で罵《ののし》った。無意識の心は、本当の羅享将《ルオシャンジアン》は、こうして優瑶の温かさを求めているくせに。

それでも、もし悪鬼退治の妨《さまた》げになれば、やはり切り捨てられるのだろうか。

優瑶は手のひらを見た。前まではあった黒斑《こくはん》が、だんだん薄《うす》くなってきている。毎晩、羅が優瑶のために体をいたわっていることなど知らなかった。

この人はどこまでも優しい。自分のような男に恋《こい》するのはやめろと言ってくれるくらい、優しい。優瑶が傷つくことをわかっていて、自分も傷つきながら言う、凶器《きょうき》のような優しさだ。

そういう羅享将を愛することをやめられない。

優瑶は、声を殺して泣いた。

八

泣きながら、また寝てしまったらしい。二度寝の優瑤《ヨウヤオ》が次に目を覚ましたのは遅《おそ》かった。日は高く昇《のぼ》っている。

もぞもぞ動くと、いつのまにか優瑤を正面から抱きしめて寝ていた羅も、今度は起きたようだ。顔を上に向けると、目が合った。

羅は寝起きのぼんやりとした顔で優瑤を見ていた。凪《な》いでいて、哀《かな》しげな瞳《ひとみ》だった。

羅がふと手を伸《の》ばす。頭の後ろをぐいっと引き寄せられて、優瑤は思わず羅の硬《かた》い胸に手をついた。息がかかるほどすぐ近くで、まじまじと顔を見られる。

「……目が、腫《は》れてる」

優瑤の顔がカッと熱くなる。なんでそんなことを口に出すのか。あなたのせいです、とでも言えばいいのか。

泣いたことを知られるのは嫌《いや》だった。恥《は》ずかしいし、何よりこの人に負担をかけたくない。

「僕もこっそりお酒を飲んだからです」

わかりやすい嘘《うそ》だったかもしれない。でも平気な顔をして言ってやった。

優瑤を見る黒い瞳が揺《ゆ》れている。もはや凪いでなどいない、水面の下で何かが暴れているような、大きな波だった。

羅は手を外し、視線を下げて体を離した。

「悪い。またお前にくっついていた」

優瑶をどかして起き上がる。強い後悔《こうかい》まで吐き出すように、羅は大きく息を吐いた。

謝らないでほしかった。

「……先生、お酒臭《くさ》いです」

前髪《まえがみ》を掻《か》きむしるように頭を抱《かか》えていた羅は、少し動きを止めた。

「お酒臭い時の添《そ》い寝は、十点にさせてもらいます」

少しの沈黙《ちんもく》の後に、羅は優瑶と目を合わさないまま小さく笑った。

朝昼兼用《けんよう》の食事を運んできたのは、永《ヨン》ではない男だった。

「永さんは？」

ふと気になって優瑶が訊《き》くと、下働きの男は顔を曇《くも》らせた。

「それが、朝から姿が見えないんです」

昨日の今日で？

何か嫌な予感がした時、仕事に出ていたはずの景《ジン》弐秋官が戻《もど》ってきた。

弐秋官は、二日酔いで出勤せねばならない自分の身の上を嘆《なげ》きつつ、「遅い朝食は一番の贅《ぜい》沢《たく》ですね」と爽《さわ》やかに嫌みを言いながら、折り畳《たた》まれた紙を見せた。

「これがさっき届けられました」

徐《シュ》の署名と同知《どうち》の印璽《いんじ》が押された書状だった。

「手短に読みますよ。……永 某《なにがし》と名乗る男が拙宅《せったく》に押し入り、私の愛妾《あいしょう》である婕氏《ジエ》に襲《おそ》いかかった。取り調べてみると、恐《おそ》れ多くも景弐秋官宅で雇《やと》われている者だということ。事を荒立《あらだ》てるつもりはなく、ただ永を引き取りに来てほしい。そちらには、今、婕氏の義理の息子《むすこ》がいるそうだが、彼女が一目会いたいと言っている。彼に引き取りをお願いしたい。本日夕刻以降、お待ちしている……ということです」

優瑶は激しく動揺《どうよう》した。昨日の会話がよみがえる。

「永さんが？　そんな……」

「罠《わな》だ」

羅《ルオ》は大きく息を吐いて天井《てんじょう》を見上げた。

「応じる必要はない。按察使《あんさつし》に命じ、直属の兵の準備を優先しろ」

「既《すで》に進めていますよ。正午には万事《ばんじ》整うでしょう」

優瑶は青ざめながら、口を開いた。

「僕はいつここを出ればよいでしょうか」

「ダメだ。その婕氏という女はおかしい。悪鬼《あっき》に憑《つ》かれた者のそばに長年いれば、少なからず影響《えいきょう》を受ける。まして夫に次いで二人目のもとになど……」

そこで羅は急に険しい顔をしておし黙《だま》った。

だがもし罠だとしても、義母と永が関《かか》わっているのだ。行かないわけにはいかないだろう。

優瑶はきっぱりと言った。

「永秀乍《シウザ》に、婕氏の居所を伝えたのは僕です。僕が行きます」

羅が何も言わないのを見て、弐秋官は「大事がないよう、取り計らう」と穏《おだ》やかに言った。

「すぐに、君の身元を証明する裏書きをした帛《はく》を用意しよう」

優瑶は羅とともに虎斑《フーバン》に乗って徐の家に向かった。范州《はんしゅう》はそれなりに広く、景の邸《やしき》のある梅《ばい》骨《こつ》からも時間はかかる。

もちろん、景弐秋官は来ていない。妓楼《ぎろう》の事件の時も、騒《さわ》ぎを聞いていち早く脱出《だっしゅつ》したようだ。血筋と地位の高さを考えると、その身に何かあってはまずいという羅の判断らしい。

今、優瑶の左手首の内側には、護身用として羅から持たされた玉剣《ぎょくけん》が密《ひそ》かにくくりつけてある。先が丸く、刃《は》を作っていないその短い剣は、邪《じゃ》を切り裂《さ》くためのものだ。

薄く小さいために、弱い悪鬼や妖怪《ようかい》程度はその存在には気がつかず、強い悪鬼なら気づいても手を出せないという代物《しろもの》である。

これから始まる事態を考えると、優瑶は身震《みぶる》いのする思いだった。

「今、兵が邸の周囲に少しずつ配されている。通常なら、徐同知は州府からそろそろ戻るころだそうだ。門の中に徐が入り、兵が周囲を固めた後、おれが悪鬼を退治するという手はずと聞いている」

優瑶はうなずいた。

「お前が入って門がいったん閉まったら、おれは空から様子を見る。だから建物の中ではなく、なるべく外に出ているようにしてくれ」

「わかりました」

二人は目立たないように邸から少し離《はな》れたところで俥《くるま》を降りて、正門まで歩いていった。

敷地《しきち》は確かに大きかった。加えて塀《へい》も真新しく、ほかの邸よりもずいぶん華美《かび》なものになっている。それはかつての自分の家とよく似ていた。

唐突《とうとつ》に羅が言った。

「おかしい。陣形《じんけい》が崩《くず》れている」

「え、だって準備はしてあったのじゃ……」

「呪符《じゅふ》の気配がない。剝《は》がされたか？　悪鬼では触《さわ》れないはずだが」

羅の声に少し焦《あせ》りが滲《にじ》んだ。

「……お前の家の時と同じだ。おれは下見に行ったついでに陣を張っていたはずなのに、賊《ぞく》の襲撃《しゅうげき》後に悪鬼は飛び散った。陣が破られていたんだ」

羅は人目につきにくいよう優瑶を道の側に立たせると、裾《すそ》から縄縄《ショウンション》を出して呪符を咥《くわ》えさせた。

「東南と西北に破れがあるようだ。おれは東南に回る。急ぎ西北を頼《たの》む」

縄縄はうなずき、塀をしゅるしゅると渡《わた》って中に入った。

大きな屋根つきの門の前まで行った時、羅が不審《ふしん》そうに言った。

「……ここは、やけに猫《ねこ》が多いな」

門の外にも、塀の上にも猫がいる。

「義母は……婕氏は、猫が好きなんです」

羅は青ざめた顔で少し黙った。

「……まさかとは思うが、非常に厄介《やっかい》なものがいる可能性がある。優瑶、気をつけてくれ。おれは陣の準備を再度しておく」

優瑶は緊張《きんちょう》の面持《おもも》ちでうなずいた。

背の高い門は閉《と》ざされている。優瑶が門の脇《わき》にある通用口を叩《たた》いて来訪を告げると、使用人が出てきた。

身元を証明する黄色い帛を渡すと、「付き添いの方はここまでに」と言い、優瑶一人を中に入れた。

広い中庭にもおびただしい数の猫がいる。正房《おもや》の前には、真っ赤な牡丹《ぼたん》の鉢《はち》がびっしりと並んでいた。花びらが散ると、まるで血を吐《は》いたように見えるその花が、義母は好きだった。

「あぁ、優瑶《ヨウヤオ》！　会いたかったわ」

突然《とつぜん》後ろから聞こえたその声に、優瑶はびくりと体を震《ふる》わせた。

「元気にしていたの？　まぁ、すっかり顔色もよくなって」

血と見まがうほどの赤い紅を塗《ぬ》った唇《くちびる》から、鈴《すず》を転がすような美しい声が出た。

雲海のごとき豊かな髪《かみ》、雪を思わせる白い肌《はだ》。柳《やなぎ》のようにほっそりとした腰《こし》つき。

優瑶が十歳ごろに初めて会った時、義母の婕氏は二十歳そこそこに見えた。だが八年経《た》った今も、その容色はまったく変わらない。

優瑶はそれに気がつき、ぞくりと肌を粟立《あわだ》たせた。婕氏は相変わらず腕《うで》に黄色い猫を抱《だ》き、足元にもたくさんの猫を引き連れている。

その傍《かたわ》らには青白い顔をした男がいた。妙《みょう》に身《み》幅《はば》の余る服を着るやつれた男は、優瑶を上から下まで眺《なが》めると眉《まゆ》をひそめた。

「これがお前の息子か？　ずいぶん歳《とし》が近そうだが」

まさか、これが徐同知なのだろうか。だがかなり痩《や》せている。聞いていた話だと、太った男のはずだったのに。

「義理の息子ですもの。店が襲われてから姿が見えなくなって、ずっと捜《さが》していたのよ」

婕氏が優瑶の隣《となり》に立ち、腕を組んだ。それを見た男が、嫉妬《しっと》に狂《くる》った目を向ける。優瑶は恐ろしくなってうつむいた。

男はむずむずと小鼻をひくつかせた。

「お前、体に何を隠《かく》している？　玉の嫌《いや》な気配がするぞ」

その言葉で、優瑶はすくみ上がった。玉の気配を感じるとは、やはり悪鬼に憑かれている証《しょう》拠《こ》なのではないか。

「お義母《かあ》さん、こちらの方は……？」

「徐同知よ。永《ヨン》のこともあるし、邸の周りで変な嫌がらせがあったから、誰《だれ》にも知られないように、早めに帰ってきてもらったのよ」

──やはり、もう帰ってきていたのか！

だが幸いここは外だ。羅が徐の帰宅に気づき、陣を張るまで、なんとか時間を稼《かせ》がなければ。

「嫌がらせって、何があったんですか？」

「あちこちに呪《まじな》いの札が貼《は》ってあったの」

恐らく羅が置いた呪符だろう。しかし目につかないところに貼ってあるはずなのに、どうして見つけられたのだろうか。知らず、また鳥肌《とりはだ》が立つ。

「おい、そんな話はどうでもいい。嫌がらせなどいちいち気にしてたら、やってられんわ！　それよりお前、何か隠しているだろう！　つまみ出せ！　そんなやつ！」

イライラと徐が言った。

──どうしよう。

袖《そで》の中にある玉剣を見せるわけにはいかない。

しかし優瑶はハッとひらめき、懐《ふところ》から例の玉の飾《かざ》りを取り出した。景《ジン》からもらって、ずっと入れっぱなしにしていたのだ。

徐《シュ》が袖で鼻や口元を覆《おお》い、恐《おそ》れるように見る。婕《ジェ》氏も「まぁ」と驚《おどろ》いて嫌な顔をした。

「それはどうしたの？」

「景弐秋官から、身元の保証として念のために持たされたものです。お預けします」

徐が目を凝《こ》らした。

「確かに、皇華紋《こうかもん》が彫《ほ》ってある。景一族のものに間違《まちが》いない」

徐が苦々しく言った。優瑶がそれを渡そうとすると、ずずっと後ずさる。婕氏は控《ひか》えの者を呼ぶと、それを持って景の家に届けるよう言いつけた。

「待て、まだそやつから玉のかすかな気配がするぞ」

優瑶はドキリとしたが、婕氏が呆《あき》れたように言った。

「この子は前から玉を飲んでいたから、その名残《なごり》があるのよ」

徐は憎々《にくにく》しげに、フンと息を吐いた。

「あの、お義母さん、永さんは、どこに……」

「こっちよ」

婕氏が腕を引っ張った。鳳仙花《ほうせんか》で紅に染めた長い爪《つめ》が、肌に食い込む。

引きずられるように連れてこられたのは、厠《かわや》や下働きの部屋がある倒座房《とうざぼう》だった。だが極力部屋には長居したくない。羅《ルオ》の言いつけだ。

「永、約束のものを渡すわ」

婕氏が徐同知に小部屋の扉《とびら》を開けさせると、中に座っていた永がぴょんと立ち上がってかしこまった。その様子に何か引っかかる。永は優瑶の姿を見て、驚愕《きょうがく》の表情を浮《う》かべた。

婕氏は、肩《かた》にかけた絹の披帛《ひはく》をひらひらとなびかせて永に近寄ると、長い袂《たもと》から金条を出して足元に投げた。

「ほら、受け取りなさい」

捕《つか》まえた者に、なぜ金を渡すのだろう。事情が吞《の》み込めなかったが、悪い予感に激しい動悸《どうき》がした。

「永さん……？　どういうこと……？」

永はうつむいた。婕氏がその様子を見ながら、けらけらと笑った。

「あんたは本当に馬鹿《ばか》ねぇ。もともと義賊《ぎぞく》を引き入れて手引きをしたのは、この永なのよ」

ヒュッと息を吞んだ優瑶は、胸が圧迫《あっぱく》されたように苦しくなった。

「嘘《うそ》でしょう？」

優瑶が訊《き》くと、永は声を震わせた。

「……旦那様《だんな》の、あんなやり方はよくないとずっと思っていたんです」

優瑶は目を見開いた。

「だが誰かを死なせるつもりはなかった」

「あたしは、この目で義賊を入れるこの男の姿を見たのよ。こいつのおかげで危《あや》うく死ぬところだったわ。でも命からがら逃《に》げだして、前から付き合いのある徐様のところへ身を寄せたの」

実際は、徐同知《どうち》が指示して店を襲《おそ》わせたのに。

真相を知る優瑶は、いけしゃあしゃあと嘘をつく毒婦に身の毛のよだつような恐怖《きょうふ》を感じた。

「私は脅《おど》されたんです！　その女に！」

永が叫《さけ》んだ。

「私が景様のお邸《やしき》で働き始めたのをどこからか嗅《か》ぎつけて、手引きをしたと密告されたくなければ、身ひとつでここへ来るよう言われて！」

「何を言っているの？　あんたには、蔡《ツァイ》優瑶をこの家に来させるためと言ったじゃない。それでも渋《しぶ》るから、金を渡すってことでようやく応じたのよ」

義母は優瑶のほうを振《ふ》り返り、勝ち誇《ほこ》った顔で笑った。

「これだから貧乏《びんぼう》人って、嫌ねぇ」

永は、足元に落ちている金条に目をやると、優瑶を見ないで言った。

「すみません、坊《ぼっ》ちゃん。売るような真似《まね》をしてごめんなさい。実は、今の私には妻子がいるんです。ここに来なければ、危害を加えると言われたんです」

優瑶は、金を拾って走り去る永の後ろ姿をぼうっと見ていた。

店を辞《や》めてから家庭を持てたのかと、白く霞《かす》む頭の中で思った。家族を盾《たて》に脅されたら、しょうがないのかもしれない。

婕氏がけらけらと笑う。

「あいつも小心者ね。あたしは脅してなんかいないわよ。あんたの顔見て、おじけづいたのね」

どちらの言うことが本当なのだろう。できれば永を信じたかった。

あの家にいた時のように、すべてがぼんやりして見える。悲しみも、うれしさも、すべて遠くに追いやる生活。生きているのに、死んだような毎日。ずっと、息をひそめるように暮らしていたことを思い出した。

だが、この一年は違っていた。ずっと何かが、心の中で舞《ま》うような日々だった。うれしさと喜びがひらひらと舞い、羅への愛《いと》しさの上に着地する。

その中にたとえ寂《さび》しさや諦《あきら》めが混ざっていても、それがすべて一緒《いっしょ》くたになって、不規則に舞う日々は、なんて綺麗《きれい》で素晴《すば》らしかったのだろう。

人は、これを恋《こい》と呼ぶのかもしれなかった。

そういう日々をくれた羅享将《ルオシャンジアン》が、蔡優瑶を愛さなくてもいい。自分が羅に向けるのと同じ心を、返してくれなくてもいい。

でも優瑶《ヨウヤオ》は、信じている。

羅享将は、必ず、自分を助けてくれると。

「死瑶《スーヤオ》もかわいそうにねぇ、裏切られて」

婕氏がわざとらしい声で言う。優瑶は、萎縮《いしゅく》しそうになる心を奮い立たせた。

「お義母さんは、どうして僕をこの家に呼んだんですか」

「決まってるじゃない、顔を見たかったのよ。ずっと捜《さが》していたのは本当よ。……あんたがどうなっているのか、見たかったのよ。いつもお綺麗なお坊ちゃんが汚《よご》れたさまをね」

婕氏は美しい顔をぐにゃりと醜《みにく》く歪《ゆが》めて笑った。優瑶は、指先まで冷たくなるのを感じていた。

「あんたって本当に死にぞこないね、死瑶。死にそうで、なかなか死なない」

「……どうして、僕をそんなに、憎《にく》むんですか」

婕氏はクスクスと笑うだけだった。

早く部屋から出た方がいい。優瑶は必死に考え、声の震《ふる》えを抑《おさ》えて言った。

「永さんは、嵌《は》められたんでしょう？　だって襲ったのは義賊じゃなくて本当は幇《バン》だったんだから。すべて、景弐秋官から聞いています。そんなやくざ組織を、一介《いっかい》の荷運びが動かせるはずがないです。それに、永さんが景様のお邸で働き始めたのはつい最近です。弐秋官ですら居場所を突《つ》き止めるのに苦労していたのに、王府近くのお邸で働いているのを范州《はんしゅう》同知の妾《めかけ》が知ることができるなんて、変です。ずっと永秀乍《ヨンシウザ》の行動を監視《かんし》していたとしか思えない」

「貴様、適当なことをっ……」

徐が怒鳴《どな》った。

しかし優瑶は「永さんに伝えなきゃ」と言って、部屋の外に走り出た。その後を、徐が追いかける。

「お前は婕氏によからぬことを企《たくら》んでいるんだろう！」

立ち襟《えり》を後ろからつかんだ徐が、優瑶を地面に転がそうとする。

その時、門の方が騒《さわ》がしくなった。ガヤガヤと大勢の声と足音がする。

「優瑶を放せ！　この邸は兵に囲まれているぞ！」

上空から声がした。虎斑《フーバン》に乗った羅が一喝《いっかつ》したのだ。優瑶の目に、安堵《あんど》の涙《なみだ》が滲《にじ》む。

「先生！」

徐は焦《あせ》った様子で優瑶から手を離し、「門を開けるな！」と叫んでから正房《おもや》に向かって走り出した。羅が上空から後を追う。優瑶も慌《あわ》てて走ったが、足が遅《おそ》いので追いつけない。

優瑶がぜいぜい言いながらようやく中庭に入った時、徐はその広い敷地《しきち》の真ん中で動きを止めていた。足元には呪符《じゅふ》が正八角形に落ちている。羅が陣《じん》を張ったのか。

その時優瑶のすぐ後ろで、ばさりと何かがやってきた気配がした。本能的な恐怖を感じ、脇《わき》腹《ばら》から背中にかけて、ひやりとしたものが流れる。

虎斑に乗った羅がハッと振り向き、青ざめた顔で鋭《するど》く言った。

「やはりお前だったか、金猫姥《ヂンマオラオ》……！」

「あたしは娘《むすめ》よ、姥《ばばあ》じゃないわ」

首の皮膚《ひふ》に食い込む、硬《かた》い感触《かんしょく》がある。婕氏《ジエ》が愛用する鉄扇《てっせん》が、首に突きつけられていた。

ついさっきまで、倒座房の中にいたはずなのに。大きく跳《と》んできたのか。

優瑶の体が恐怖でこわばった。

「その大きな猫《ねこ》ちゃんと一緒に、降りてきなさい。これには刃《は》がついているの」

羅は怒りの形相で地面に飛び降りた。続いて虎斑も地上に降りる。

その直後、ウミャァァッという叫びとともに、無数の猫が虎斑に襲いかかった。その何匹《なんびき》かは羅にも飛びかかる。羅は簫《しょう》でそれを打ち払《はら》った。

優瑶は恐慌《きょうこう》状態でそれを見ていた。

二人は、知り合いだったのか。義母は何者なのだろう。だがこうなったのも、自分がどんくさいせいだ。そのせいで、羅も虎斑も危機に陥《おちい》っている。どうすればいいのか。優瑶の中で、焦りだけがどんどん大きくなっていく。

その間にも、邸中から何百という猫が羅と虎斑のもとへどんどん集まってくる。小さいが数が多く、さすがの虎斑も身動きが取れない。

その時足元に、呪符を咥《くわ》えた猫がサッとやってきた。徐《シュ》を抑えていた八枚のうちの一枚だ。

婕氏の目の前で、猫が呪符を爪《つめ》で引き裂《さ》く。婕氏は笑いながら言った。

「あたしのかわいい子たちが、そんな紙切れすぐに剝《は》がすわ。あたしの子どもは、悪鬼《あっき》じゃないから」

陣が破れ、中でもがいていた徐が平静に戻《もど》った。

「無駄《むだ》だ！　邸《やしき》全体にも陣を張った。お前もここから逃げられまい！」

羅《ルオ》が猫を払いながら片手で印を結び、呪《しゅ》を唱え始めた。すぐに徐が白目をむいて苦しみ、大きく開けた口から黒いもやが出てくる。

優瑶は咄嗟《とっさ》に鉄扇を持つ義母の手首をつかみ、背後に向かって頭を勢いよく反らして頭突《ずつ》きした。

「ぎゃっ」

まさか優瑶が反撃《はんげき》すると思っていなかったのだろう。婕氏は後ろにたたらを踏《ふ》んで姿勢を崩《くず》した。その隙《すき》に優瑶はさっと離れ、義母と距離《きょり》をとって対峙《たいじ》する。

しかし毒婦は形勢不利と見たか、数匹の猫を引き連れて逃げ出した。

「あっ、待てっ」

優瑶はその後を追おうとした。猫に邸の呪符を剝がさせ、ここから逃亡《とうぼう》するかもしれない。

しかし、それを視界の端《はし》で捉《とら》えた羅が怒鳴った。

「優瑶、一人で深入りするなッ！　そいつは三百年以上生きる妖猫《ようびょう》だ！　おれの父に悪鬼をとり憑《つ》かせた張本人だ！」

羅の言葉に衝撃《しょうげき》が走った。

妖猫？　まさか、義母が妖怪《ようかい》の一種だと？

振り向けば、羅は猫を打ち払いながら、徐から出た悪鬼とにらみ合っているところだった。

徐は地面に力なく倒《たお》れ、意識を失っている。

濃《こ》い黒のもやは時折人のような姿を取りながら、目に見えない縄《なわ》で縛《しば》られているように、空中のある一点で浮《う》いていた。これまでの悪鬼よりもはるかに大きかった。

しかし羅が優瑶に話しかけたことで、集中が途切《とぎ》れて均衡《きんこう》が崩れたらしく、黒いもやは歪《いびつ》な形になって暴れている。

羅はまた咒を唱えて、広がったそれをぎゅっと縮めていた。

「……やっぱりあんたは、なかなか死なないわね、死瑶」

鈴《すず》を転がすような美しい声。顔を正面に戻すと、なぜかあたりは以前の自分の部屋に変わっていた。

焼け落ちたはずの、家の中。たくさんの玉《ぎょく》が並ぶ、静かで人気《ひとけ》のない、いつもの部屋。

先ほどまでの喧騒《けんそう》はどこにもない。

そこに、義母が妖艶《ようえん》な笑《え》みを浮かべて立っていた。

これは、白昼夢なのだろうか。自分一人が、どこかへ連れていかれたのだろうか。

優瑶は、ただ混乱していた。

「行方《ゆくえ》がわからないから、死んだかと思ってたわ。あの羅享基《ルオシャンジー》のバカ息子《むすこ》のところにいたのね。悪運強いったらありゃしないわ。父親に殺されかけたって、なかなか死なないし」

「……殺す？」

優瑶が思わずつぶやくと、義母はけらけらと笑った。

「そうよ、あんたの父親も、あんたが邪魔《じゃま》だった。父親から毒を盛られていたことに気がつかない、馬鹿《ばか》な死瑶！」

「嘘《うそ》だ。だって手紙をくれてた……」

「あれはあたしが書かせてたのよ。手紙を書く時間があるなら、なんで同じ家の中にいるあんたに会いに来ないの？」

……確かにその通りなのだ。そう、ずっと、そう思っていた。

泣く直前のように、喉《のど》が熱い。握《にぎ》りしめた手が、自然と緩《ゆる》んでいく。

しかし優瑶は、徐の様子を思い出した。

「悪鬼に憑かれていたから、僕のところには来られなかっただけだ！」

婕氏はその言葉を無視して、フンと笑った。

「永にも裏切られて、誰《だれ》にも愛されなかった、みじめな死瑶！」

「永さんは騙《だま》されていたんだ。だって、義賊《ぎぞく》はやくざ者だったんだから！」

婕氏は声も高らかに笑った。

「そうよ、幇《バン》の一人が永に持ちかけたら、すぐに案内役を引き受けたわ！　愚《おろ》かな男！　でもあんたのことを金で売ったのは事実じゃないの！」

「聞くな！　優瑶《ヨウヤオ》！」

後ろから羅の声がして、びくりと優瑶は体を震《ふる》わせた。

「そいつの言葉に耳を貸すな！　嘘と幻術《げんじゅつ》で人を惑《まど》わす妖怪だ！」

婕氏はニィッと笑った。

「嘘じゃないわ。だって永は金をつかんで逃《に》げてったじゃない。あいつだってあんたを利用しているだけよ。あんたの心と体を、弄《もてあそ》んでいるの」

「違《ちが》う！」

優瑶は必死に叫《さけ》んだ。だが弄んでいるという言葉が、ぐるぐると頭の中を回る。

風呂場《ふろば》の中、淫《みだ》らに絡《から》み合った。あれは情欲に流されたという。悪かったと謝る。でもそれは彼の本心から出た行動ではないのか。情欲は、愛着以上のものではないのか。

「あんたは男妾《だんしょう》として売られたはずよ。あたしが幇に言っておいたんだから。あんたを、女衒《ぜげん》に売るようにって」

優瑶は息を呑《の》んだ。

だから自分は暴徒に殺されなかったのか。それで、あの店に売られたのだ。

「まさか、あいつが買っていたとはね。あの男も、あんたをそういう目で見たこと、一度もなかったのかしら。その辺の女よりもつくりのいいお顔なのに」

羅が買ってくれなかったら、今頃《いまごろ》自分はどんなふうになっていただろう。

青ざめる優瑶を見て、義母は部屋を出ようとした。

「ふふ、また会いましょうね。お綺麗《きれい》な坊《ぼっ》ちゃん」

この女を、絶対に逃《に》がしてはいけない。

――羅先生の、宿敵だ。

両の手を強く握りしめた時、手首に当たるものを思い出した。

優瑶は無我夢中で、袖《そで》の中に隠《かく》し持っていた玉剣《ぎょくけん》を婕氏に投げつけた。

ギャアアアッと悲鳴が上がる。細い背中に、人には刺《さ》さるはずのない丸い剣先が深々と潜《もぐ》っていた。

次の瞬間《しゅんかん》、周囲の景色は揺《ゆ》らめいてかき消えた。気がつけばもとの中庭だった。

本当に、義母は人ではなかったのだ。

それをようやく芯《しん》から実感し、優瑶は怯《おび》えて後ずさった。

「なんだい、これは……」

婕氏が腕《うで》を回し、背中に刺さった剣の柄《つか》に触《ふ》れる。と同時に、白い手は焼けただれたように融《と》けた。

こちらを振《ふ》り返った婕氏《ジエ》の目は黄色に爛々《らんらん》と輝《かがや》き、針のように瞳孔《どうこう》が細くなっていた。

「ギャッ」

「麟《りん》のクソ息子かッ!!　お前にこんなものを渡《わた》して！」

その声はガラガラにかれている。あの鈴を転がすような声の持ち主と同じ人物とは到底《とうてい》思われない。婕氏は痛みに呻《うめ》いていたが、しばらくしてくつくつと笑い出した。そして鍋《なべ》の湯が急に沸騰《ふっとう》するように、背を反らしてゲタゲタと笑い始めた。

「死瑶《スーヤオ》、あたしが憎《にく》いだろう？　あたしもあんたが目ざわりだ。何も知らず、ずっと綺麗なまのあんたがね」

優瑶は怒《いか》りを潰《つぶ》すように、ぎゅっとこぶしを握った。

「あんたの足元にはねぇ、その贅沢《ぜいたく》な生活を支える無数の人間がいる。飢《う》えた子ども、売られる女、自殺した男！　馬鹿なあんたはそれに気がつかないで、いい気なもんだよ。なーんにも知らないで、ぼんやり、無垢《むく》なままでいる。永《ヨン》にだって裏切られているのに、ちっとも憎みやしないなんて」

「贅沢な生活を享受《きょうじゅ》していたのは、あなたもでしょう⁉　自分だって甘い汁《しる》を吸いながら、他人をなじれるんですか？」

「あんたもなかなか図太いねぇ。お前の父親とそっくりだよ。お前の父親も、あらゆることを見て見ぬふりしていたのさ」

「優瑶! 聞くな! 答えるな!」

頭にカッと血が上る。羅《ルオ》の声は、優瑶の耳からすり抜《ぬ》けていった。

「それはお前がそう仕向けたんだろう!? お父さんはもともとそんな人じゃなかった！ お前がそそのかしたんだ！」

「そういう素質がある人間に、悪鬼《あっき》はとり憑くの。あたしは、悪鬼を呼ぶだけ」

前に、羅も同じことを言っていた。だが許せない。

呼ばなければ、とり憑かれることはなかったかもしれないのだから。

「でも確かに、手紙はお前の父親が書いていたよ。薬もやれと指示していたさ。あんたからの手紙はあたしが捨てといたし、強い薬をやるようにさせたのはあたしだけどね。じわじわと、愛されない絶望の中で死んでいけばよかったのに」

今までにないほどの強い怒りを感じ、優瑶は思わず叫んだ。

「お前がお父さんを殺したんだ！」

婕氏の黒髪《くろかみ》は乱れて抜け落ち、白かった肌《はだ》はただれたように崩《くず》れていく。その中から、人のような、獣《けもの》のような顔が現れた。玉剣が刺さったところからどろどろと肉が溶《と》け、その中から黄土色の毛が出てくる。

この化け物を殺してやりたいという強い憎しみの心が、胸を震わせた。

「憎いだろう？ あたしを憎め。もっと怒ればいい」

「優瑶！　怒りで心を乱されるな！　そいつの思うつぼだ！」

羅の言葉に婕氏はざんばらの髪を振り乱し、耳まで裂《さ》けた口から牙《きば》を覗《のぞ》かせた。血のように赤い唇《くちびる》がくわっと広がる。獣のごとき般若《はんにゃ》の形相で、羅をカッとにらみつけた。

「小童《こわっぱ》が！」

優瑶が思わず羅のほうを振り返った瞬間、婕氏は妖猫《ようびょう》の姿となり、長い爪《つめ》を剝《む》き出して優瑶にとびかかった。

羅が咄嗟《とっさ》に呪符《じゅふ》を飛ばす。呪符は妖猫の額に刺さって溶けた。ギャアアッと叫びを上げて妖猫がもんどりうったのと、羅が抑《おさ》えていた黒いもやが逃げたのは同時だった。

それはぶわっと広がった直後、瞬時に竜巻《たつまき》のように変わり、ゴオッと優瑶に入り込んだ。

優瑶は雷《かみなり》に打たれたように、その場に崩れ落ちた。

「優瑶!!　くそッ！　殺してやる！」

羅の髪が逆立った。額から血を流し、牙を剝く妖猫が羅の喉元《のどもと》目がけて嚙《か》みつこうとする。

羅は咒《しゅ》を唱えながら、簫《しょう》でそれを防いだ。

兵たちが高い塀《へい》を越《こ》え、中庭に入ってくる。しかし事態を見てとると、みな痺《しび》れたように動きを止めた。

地面で横たわる優瑶は、その様子を見ながら、心がゆっくりと沈《しず》んでいくのを感じていた。四肢《しし》は先から順に重くなり、言うことをきかない。

空っぽになっていく体。空虚《くうきょ》な心。

しゃがれた大きな笑い声が耳にこだまする。

「アーハッハッハ！　やった！　ついにお綺麗な優瑶にとり憑《つ》かせた！　魄《はく》の弱い坊《ぼう》やは、もう保《も》たないさ！」

「黙《だま》れクソ猫《ねこ》がッ！」

羅が、妖猫の頭と首をつかむ。

「お前の坊やは、悪鬼を抜いたらすぐ死ぬだろうよ！」

次の瞬間、羅が恐《おそ》ろしい力で、妖猫の頭をぐいとひねった。目をむき、舌をだらりと垂らして、妖猫はこと切れた。

羅は肩《かた》で大きく息をしながら、地に投げ捨てた妖猫の頭に足を置いた。

「……我が父をよくぞ伝説の王にしてくれた。今、礼を言う」

踏《ふ》みつけた頭が、熟《う》れた瓜《うり》のようにぐしゃりと潰れる。

死骸《しがい》からふわっと出た白いもやをひょうたんに吸い込むと、妖猫の体はあっというまに砂のように崩れ、風にさらわれて玉剣以外は何も残らなかった。

それを一瞥《いちべつ》する羅は、これまで見たどんな時よりも冷徹《れいてつ》な顔をしていた。

兵たちがワッと動き、意識を取り戻《もど》した徐《シュ》を取り囲む。羅はそれに一切《いっさい》構うことなく、すぐに振り返った。

「優瑶《ヨウヤオ》……」

その顔には、今まではなかった恐れを浮《う》かべていた。羅はゆっくりと近づき、ひざまずいた。仰向《あおむ》けにされた優瑶の頬《ほお》に、そっと手が添《そ》えられる。優瑶の目には、憔悴《しょうすい》した男の顔に、黒いもやが重なって見えていた。いや、自分の視界が、蝕《むしば》まれているのだ。

そっと抱《だ》き上げられ、中庭を通り、空いていた一室に入った。さっきまで永がいた一室だった。羅は青ざめた顔でしゃがみ、優瑶を膝《ひざ》の上に乗せた。

それまで重くなっていた体がふと軽くなる。突然《とつぜん》身の内から恐ろしいほどの力が湧《わ》き出てきて、自分ではない強いものが、体を支配したのがわかった。

しかし心は水に沈んだ石のようだった。何かがまとわりついていて、ただただ果てのない怒りと、焼けるような苦しさだけがある。

優瑶はじりじりと、何かが減っていくのを感じていた。ああ、これがとり憑かれるということか、と優瑶は思った。

「……悪鬼を、退治してください」

羅は息を殺して、優瑶を見つめていた。

「お前の魄が、感じられないんだ。たぶん、もう喰《く》われてしまった。だから今悪鬼を退治したら、お前の体を支えるものがなくなってしまう。そうしたら、お前は死んでしまう」

「でも、このままだと、そのうち魂《たましい》も喰われます。そうしたら、僕は悪鬼に操《あやつ》られるんでしょう？　それなら、今、僕ごと悪鬼を封《ふう》じてください」

羅は揺《ゆ》れる瞳《ひとみ》で優瑶を見ていた。

「できるでしょう？　羅先生。あなたは、人を、愛さないから」

目を大きく見開き、自分をただ見つめる男が誰《だれ》だったのか、優瑶はもうよくわからなくなった。男の手が、ぎゅっと握《にぎ》りしめられる。

優瑶は男の膝を離《はな》れて、その場に倒《たお》れるように寝転《ねころ》んだ。黒いもやが優瑶の視界を覆《おお》い、怒《いか》りと悲しみが胸の中を支配した。

この人を好きだったような気がする。でも同時に、いつも恨《うら》んでいた気がする。

ひどい男だと。

「目的達成のために、どこまでも非情になると、言っていたじゃありませんか」

「……できない」

羅は打ちひしがれたように、優瑶に覆いかぶさった。

「……この手で？　お前を？　できない。そんなことできるわけがない。お前の天命が尽《つ》きるまで、お前を生かしたい……」

しかし優瑶の口は、勝手に動き始めた。優瑶の心の中をすべて知る、何かによって。

「悪鬼退治が、先生の生きる意味でしょう？　それ以外、必要ないはずでしょう？」

羅は何も言わず、肩を震《ふる》わせた。

「悪鬼になる前に、死なせてください」

「……嫌《いや》だ。死なせたくない。おれにはお前が必要だ、優瑶」

「そうやって、あなたはいつも自分のことばかり」

優瑶の視界は完全に闇《やみ》に包まれていた。同時に、心も暗いものに覆われていた。

「気まぐれにかわいがって、好きにならせて、でも僕の気持ちを、それは本物じゃないって否定する」

辛《つら》く、悲しく、届かない気持ち。誰からも愛されない自分。心の片隅《かたすみ》で積もっていた枯《か》れ葉のような寂《さび》しさが、強い風で舞《ま》い上がり、青白い火がついて、優瑶の中で舞っていた。

「僕はあなたの特別になりたかったけど、それは無理だから、もう、いい」

「違《ちが》う。お前はずっと特別だった。一目見た時から、恐ろしく清らかなお前に惹《ひ》かれていた。お前の魂は純粋《じゅんすい》で美しい。優瑶、魂まで喰われるな」

「嘘《うそ》だ。そんなこと、ずっと言わなかったくせに」

優瑶の心が、怒りに支配された。

「悪鬼を退治するために、自分の魂を慰《なぐさ》めるために、僕を買ったと言ってたくせに！」

「あぁそうだ！　怯《おび》えているお前を、さらに怖《こわ》がらせたくなかったから」

「いつもいつも、普通《ふつう》じゃない時には口づけするくせに！」

「あぁ、いつも後悔《こうかい》した！　お前に無理強《むりじ》いしたって」

羅《ルオ》は、優瑶を強く抱きしめた。

「怖かった。情欲に流されて、お前と契《ちぎ》りを交《か》わしてしまうんじゃないかと」

「僕は清らかなんかじゃない。情欲でもよかったんだ。あなたの特別になれるなら」

「いや、だめだ。そんなのは間違っている」

「間違ってない！」

優瑶は肘《ひじ》をついて上体を起こし、羅に怒鳴《どな》った。

「あなたの正しさを、僕に押しつけるな！」

今口から出た言葉は、自分の言葉だったような気がした。深いところにしまいこんだ、優瑶自身の気持ちだった。

「僕は僕なりに、あなたをただ愛してるだけだった！」

その瞬間《しゅんかん》、頭を強く引き寄せられ、ぶつかるように口づけられていた。

「……そうじゃない、間違っているというのは、お前の気持ちのことじゃないんだ」

羅が、困った顔でなだめるように囁《ささや》いた。

「契れば、お前にも仙《せん》の力が流れ込む。おれの一時《いっとき》のわがままで、お前をこの長く退屈《たいくつ》な世にとどめたくはなかった。周りが老いて死に、自分だけが生き続けるこの塵界《じんかい》に。だからそういう関係になってはいけないと思っていた。お前が人として生を全《まっと》うする間、ただずっと一緒《いっしょ》にいられればいいと思っていた。……でも一方で」

羅はそこで、いったん言葉を区切った。

何度か息を整えて、吐《は》き、また吸って、少し止めた。

「心の奥底では、お前と契り、一緒にいる時間が永劫《えいごう》続けばいいとも思っていた……」

長い息を吐くように、羅が言った。それはたぶん、羅自身も認めていない本音だった。

それを言った本人は、自分の言葉に強い慚愧《ざんき》の念を抱《いだ》いているようだった。

しかし優瑶の心の中で燃え盛《さか》る炎《ほのお》は、だんだんと弱くなっていく。

いつもいつも、優《やさ》しい羅先生は優瑶を思ってくれている。とてつもなく深く、人の身では思いもよらない時間の長さで。

「……それじゃ先生は、僕がいなくなったらまた独りぼっちになるつもりだったんですか」

「あぁ。だから買われた分を返すまでとか言って、さっさとおれから離れようとするお前が憎《にく》らしかった。癒《いや》すのは仕事と割り切っているのが辛かった。それならいっそ、すぐに離れたほうがいいとさえ思った」

何か、大きな行き違いがあるような気がした。

「だって、点数制にしたほうが、先生が罪悪感を持たないで済むでしょう……？　最初に、そう言ったのに」

「うん。でも前に、これからもがんばって点数を稼《かせ》ぎますと言ってたじゃないか。おれは癒されても、お前にとっては、やはりがんばって稼ぐことなんだと思うと、やりきれなかった……」

いったん燃え尽きたものが白い灰になり、またふわふわと舞い始めたような気分だった。

「僕は、割り切ってなんて、いませんよ」

自分だけが恋《こい》していたのだと思っていた。だが今聞いた言葉の数々は、同じく恋をしている男のものに聞こえる。

「いつも、触《さわ》ってもらえて、うれしかったのに」

優瑶の言葉を待つ羅は、まるで甘露《かんろ》が降ってくるのを願っている人みたいだった。

「毎回謝られるから、悲しくて、点数にしたんです」

「そうか、ごめん」

「また謝ってます」

優瑶は起き上がり、羅の指にそっと指を絡《から》めた。泣きそうになりながら、でもおかしくなって笑ってしまった。

「僕、羅先生のこと、ただ好きなだけなんです。長生きなのに、そんなこともわからなかったんですか？」

愚《おろ》かで愛《いと》しい、独りよがりな羅享将《ルオシャンジアン》。

無自覚に恋をする男はかすかに笑った。

「そうだな。わかってたつもりで、わかってなかった。お前といると、急に不安になるんだ。おれのことが、本当は嫌なんじゃないかって。合わせてくれてるだけなんじゃないかって。出会いからしてお前を緊張《きんちょう》させたから、絶対にそういう意味で好きにならないようにしていたのに」

羅は少し自嘲《じちょう》気味に言った。

「だめだと思えば思うほど、どんどん好きになっていく。だがそれを認めたくなかった。自分が怖かった。おれはある日、お前を最悪の形で捨てるんじゃないかと」

「でも、今、できないくせに。僕を、切り捨てられないくせに」

羅はゆっくりと優瑶《ヨウヤオ》を抱《だ》きしめた。

「あぁ。そうだな。そうだ。おれはできない。魂が今のお前である限り、おれはお前を、殺すことなんてできない」

優瑶の中で突風《とっぷう》が吹《ふ》き、心を覆《おお》う暗いものが吹き飛ばされた。

「瑶瑶《ヤオヤオ》、お前が来てから、毎日が楽しかった。時間があっというまに経《た》って、潰《つぶ》す暇《ひま》もない。久々に、生きることは楽しいと思い出した。でも楽しければ楽しいほど、お前の気持ちとか、未来のことを考えると、怖くて、深く考えるのをやめてしまう。失った時が、怖いから」

声がかすれている。切なそうな目をして、羅が言った。

「凶王《きょうおう》の息子《むすこ》がこの世で執着《しゅうちゃく》するものは、悪鬼《あっき》退治じゃない。もう蔡《ツァイ》優瑶だけなんだ」

優瑶は、目からぽろりと熱いものがこぼれるのを感じた。ぽろり、ぽろりと涙《なみだ》がこぼれることに、視界を覆っていた黒いもやが薄《うす》れていく。

羅は優瑶の首元に顔を埋《うず》め、声を震わせた。

「……だから、頼《たの》む。おれにお前を殺させないでくれ。悪鬼がお前を乗っ取れば、おれはお前のためにお前を殺す。だから優瑶、お前の魂《たましい》を、簡単に食べさせないでくれ。少しでも長く、お前といさせてくれ……」

胸が詰《つ》まった。

――この人に、僕を殺させてはいけないんだ。

一炊《いっすい》の夢ではなく、この現実で、その手で。

それはこの人にとって、もう愛を捨てることではない。愛を殺すことなのだ。

もしそうしたら、羅享将は本当に、二度と人を愛さなくなるだろう。その苦しみを、再び味わいたくないから。

自分はこのまま死んでもいい。でも好きな人には、またほかの誰《だれ》かを愛せるようになってほしい。笑って生きていてほしい。

それには、どうすればいいのだろう。

――あぁ、この人を、守りたい。

強く強く願ったその時、黒いもやがぱあっとなくなり、目の前に父が座っていた。

組んだ足の中には、胡桃色《くるみいろ》の髪《かみ》をした小さな男の子がいる。

小さい頃《ころ》の、自分と父を見ていた。

「阿瑶《アーヤオ》、この世は唇歯輔車《しんしほしや》の関係といってだな、大なり小なり見返りを期待してのやりとりなのだから……」

いつものように父が一席ぶつ。しかし幼い優瑶は、意味を理解しているのかしていないのか、手元にあった菓子《かし》を父に渡《わた》した。

「はい、こえ、よーよ」

まだ舌足らずな優瑶はにっこり笑った。

「お前がお食べ」

「やや」

「お前が食べているのを見るのがうれしいんだよ」

「やや！　ぱーに、あぇる！」

しょうがなく父が受け取ると、手を叩《たた》いて笑う。小鳥がさえずるような、かわいらしい声で。

父は困った顔で笑った。

「……さすがの爸爸《パパ》も、お前にはなんの見返りも求めてはいないな。うぅん、これは発見だ」

父は、ぎゅっと優瑶を抱きしめた。

「阿瑶、心から愛しているよ。お前には私の愛をずっとやろう。お返しは、いらないよ」

父の手紙は、いつもその言葉で締《し》めくくられていた。

これが幼い時の記憶《きおく》なのか、悪鬼が見せている光景なのか、今の自分が作り出した夢なのか、優瑶にはわからなかった。

でもそれがなんであれ、優瑶の魂は癒された。父の手紙の文言を思い出せた。

こうしてずっと愛されていたから、優瑶も羅享将を愛することができる。愛されることがどんなに幸せか知っているから、好きな人に愛をあげたいと思う。

優瑶は近づき、小さな優瑶を抱く父を、そっと抱きしめた。

「お父さん、ありがとう」

気がつくと、それは黒いもやになっていた。たぶん、優瑶の魂を喰《く》らおうとしている悪鬼だった。

だがその黒いもやの中に、父の魂のかけらが、子への情愛が確かに残されているのを優瑶は感じていた。もしかしたら、これを伝えたくて、悪鬼と呼ばれるものはずっと自分を追いかけてきたのではないかとさえ思った。

急に切なく、たまらなく愛しくなり、優瑶は黒いもやをまた抱きしめた。

もやは少しずつ色を失い、次第《しだい》に透明《とうめい》になっていく。そして突如《とつじょ》光り出し、一瞬《いっしゅん》虹《にじ》のような輝《かがや》きを放って優瑶の中に消えた。

優瑶はふと目を覚ました。

目の前に、汗《あせ》びっしょりになった羅《ルオ》の顔がある。黒い瞳《ひとみ》が涙に滲《にじ》んでいた。

「優瑶……」

強く強く抱きしめられ、心がまた飛び跳《は》ねた。さっきまで感じていた心の重苦しさは、すでにない。体には力がみなぎっている。

「悪鬼は……？」

「お前の中にいる。だが今、妖気《ようき》が消えた」

優瑶は自然と胸に手を置いた。

「わかります……ここにいる気がする」

「たぶん、お前を守るものになった」

羅が愛おしげに優瑶の顔をさすり、口づけた。

「ああ、善の性質を持つ魂は時に浄化《じょうか》するというが……お前は浄化したんだ。お前の中にある愛情がそうさせたんだ、きっと」

興奮したように言う羅を見て、優瑶は泣きながら笑い出した。

「先生……あなたの中にも、たくさんの愛があるのに、全然気がついてないんだ」

「いや、お前がそれを、与《あた》えてくれた」

優瑶はポンポンと羅の胸を叩《たた》いた。

「ううん、違《ちが》います。たぶん、先生は元からずっと持ってました。だからそれをもらって、僕は今、戻《もど》ってこられたんです」

「……いや。おれがそれを捨てた過程は、おれにとっては、現実と変わらなかった」

「でもそれは、修行《しゅぎょう》と思っていたから耐《た》えられたのではないのですか？」

羅は口を結び、優瑶を穴のあくほど見つめた。

「先生は、お父さんを憎《にく》んで、倒《たお》したわけじゃないでしょう？　それは、当時あなたができる最大の愛情表現だったはず」

羅は、少し悔《く》いるような表情を浮《う》かべた。

「……あの時は、憎かったよ。そうするしかなかった。おれはおれの責任を果たしただけだ」

「止めようとしたんじゃないんですか？　お父さんのために。おかしいと思ったから」

「あぁ。だがそれまでに多くの者が犠牲《ぎせい》になった。父の不始末を息子が償《つぐな》うのは当然のことだ。それだけだ」

「でもずっと後始末として、悪鬼退治をしているんですよね？　それはあなたに愛情があるからだと僕は思います。お父さんへの愛情だし、王子としての、民《たみ》への愛情です。傷つけた人たちへの償いをし続けるのは、広く人を愛していなければできません。あなたは、見返りなく人を愛する人です。ちっとも捨てられてないんです。だからきっと、仙《せん》になれたんです」

困惑《こんわく》し、戸惑《とまど》う男を、優瑶は抱きしめた。

「そういう羅先生が、僕は好きです」

喉《のど》の奥から絞《しぼ》り出すように、仙である男が言った。

「……おれもだ」

羅は強く抱《だ》きしめ返した。

「いろんな理由をつけていたが、結局おれはずっとお前を愛していたよ、優瑶《ヨウヤオ》」

愛《いと》おしそうに優瑶の顔に触《ふ》れ、囁《ささや》くように言った。

「……だがおれは、お前だけからは、見返りがほしいんだ。お前のすべてを手に入れたい。お前の体、魂、……これからの時間」

「僕は、先生といたら、百年だって退屈《たいくつ》しません」

羅は胡桃色の瞳を熱く見つめた。桜桃《おうとう》のような唇に、そっと目を落とす。

優瑶は目を閉じ、羅の口づけを受け入れた。

九

目を開けると、一面緑の世界だった。口づけられたまま、羅享将《ルオシャンジアン》の腕《うで》で抱き上げられたことは覚えている。舌を絡《から》められ、濃厚《のうこう》に貪《むさぼ》られ、優瑶は口づけに溺《おぼ》れた。気がついたら、さっきまでいたところとは全然違う場所にいる。

「ここは……？」

「とても遠くにあるところだ」

空気は暖かく、時折涼《すず》しい風が肌《はだ》を撫《な》でた。萌《も》える木々を透《す》かして、青い空が見える。虹色に光る雲が流れるのを見て、優瑶はここがただの地上ではないと気がついた。

あたりにはとろけるような桃色《ももいろ》をした月季花《げっきか》が咲《さ》き乱れ、花びらの落ちたところに真珠《しんじゅ》がこぼれている。すぐ近くでせせらぎの音が聞こえ、五色の鳥が頭の上でさえずった。

人の気配はまったく感じない。ただたくさんの生き物の息づかいが聞こえるような、濃密《のうみつ》な自然の中にいた。

羅は相変わらずの長袍《チャンパオ》姿だったが、そこに刺繍《ししゅう》はない。

「虎斑《フーバン》は……？」

「そのへんでごろごろしているだろう。猫《ねこ》たちにやられて、毛がぼろぼろだから。縄縄《ションション》は向こうで仙桃をたらふく食べてるよ」

羅は笑いながら長袍を脱《ぬ》いだ。例のひょうたんにつけた巾着袋《きんちゃくぶくろ》から上等な紅の綾《あや》を出し、草の上に敷《し》くと、ごろりと寝転《ねころ》ぶ。

仙桃というからには、ここは仙界という場所なのだろうか。

優瑶がきょろきょろしていると、「瑶瑶《ヤオヤオ》、小川で体を清めるといい」と羅が言った。

確かに、この場所では衣服など窮屈《きゅうくつ》なだけな気がする。

優瑶は緑に輝くせせらぎのそばで服を脱ぎ、生まれたままの姿になって足を浸《ひた》した。透明な流れは心地《ここち》よいぬるさで、底に見える緑の砂利《じゃり》は、大小の丸い碧玉《へきぎょく》だった。

水をすくって体にかけていると、白い魚が泳いできた。優瑶は楽しくなって、ぴちゃぴちゃと水を跳ねさせた。

思い切り動いても、ちっとも疲《つか》れない。四肢《しし》を伸《の》ばし、澄《す》んだ空気を思い切り吸って、優瑶の頰《ほお》は薔薇色《ばらいろ》に輝いた。清められた肌は瑞々《みずみず》しく、艶々《つやつや》と水を弾《はじ》き、体は若い魚のようにしなやかに動く。

その様子を、半裸《はんら》になった羅は肘枕《ひじまくら》をして見ていた。

「先生も遊びませんか」

優瑶が訊《き》くと、羅は笑った。

「いや、お前を見ているだけで、十分楽しい」

羅はひょうたんに口をつけ、ちびちびやっている。優瑶は急いで小川から上がり、敷布《しきふ》に近づいた。

「ちょ……ちょっと、その中味は、あの化け猫なんじゃありませんか」

「いやいや、あれはこの地に流したよ。生まれ変わりは叶《かな》わず、永劫《えいごう》この山に封《ふう》じられる」

「そっか。よかった……」

優瑶はぺたんと敷布の上に座った。

「先生は、婕氏《ジエ》を知っていたのですか」

「前はそんな名前ではなかったがな」

金猫姥《ヂンマオラオ》は、かつては羅の父の愛妾《あいしよう》だった。魂《たましい》の強そうな者を見つけてはそそのかし、騙《だま》し、心を乱して悪鬼《あつき》をとり憑《つ》かせ、自分はその陰《かげ》で贅沢三昧《ぜいたくざんまい》に暮らすことを繰《く》り返してきたのだ。名を変え、姿を変え、たくさんの悪鬼の陰に隠《かく》れて、思うまま振《ふ》る舞《ま》ってきたという。

「そんなに昔からいる、ものすごいやつだったんですね……」

優瑶の顔は引きつったが、羅は明るく笑いとばした。

「確かに聞いていると稀代《きたい》の悪党のようだが、実際はつまらん妖怪《ようかい》だ。力も妖気も弱いから、強い悪鬼のそばはいい隠れ蓑《みの》になる。だからなかなか見つけられなかった。こそこそ逃《に》げるのが上手《うま》いし、ここ五十年ほどはおとなしくしていたが、今回お前のおかげで封じられてよかったよ」

優瑶は真剣《しんけん》に耳を傾《かたむ》けてから、ふと怖《こわ》くなった。

「僕は、あの妖怪からすごく嫌《きら》われていたみたいです……」

羅はうーんと唸《うな》り、頭を掻《か》いた。

「お前の存在が、何か過去を抉《えぐ》るような……例えば劣等感《れつとうかん》を煽《あお》ったのかな。もとは自分の境遇《きようぐう》を恨《うら》んで死んだ妓女《ぎじよ》の魂が、飼っていた老猫《ろうびよう》に憑いたと言われている。お前は性根《しようね》も見た目も美しいし、大切に育てられていたからな。そういうのが気に入らなかったんじゃないか？」

優瑶は表情を硬《かた》くして、胸を押さえた。そういえば、お前の汚《よご》れたさまを見たかった、と言われたのだ。

「……でも悪鬼は、誰《だれ》にでも憑くわけではないのでしょう？　僕だって、別に綺麗《きれい》だとかそういうんじゃ……」

「悪鬼は魂魄《こんぱく》が乱れた者に憑く。だが誰もが常に、心身健康ではないだろう？　生きていれば怒《おこ》りもするし、絶望する時だってある。そういう時に狙《ねら》われるんだ。そういう意味では、誰にも可能性はある」

それを聞くと、少しほっとした。

「だいたい、あんなクソ猫妖怪《ねこようかい》に好かれたってロクなことはないんだから、気にするな。あの時お前と話すのを聞いてたが、まぁ嫉妬《しっと》だな。あいつが滅《ほろ》んで、本当に清々《すがすが》しい気持ちでいっぱいだ」

せいせいした顔で言う羅を見て、優瑶は思わず笑ってしまった。

「僕は、あの時怒《いか》りで心がぐらぐらしてました。先生のことと、永《ヨン》さんのことが重なって、父からも嫌われていたのかなと不安になって」

「お前の父は、たぶん自分の異変をどこかで感じていたんだろうな。そうでなきゃ、あえて玉《ぎょく》でお前の周りを固めんだろう。妖《あやかし》も悪鬼も玉を嫌《いや》がるから、お前のところには行けなくなるが、そのほうがいいと思ってたんだろう」

それを聞いたら、父の手紙の内容と、会いにきてくれなかったことの齟齬《そご》がなくなった。徐《シュ》の反応を見ても、部屋には入れなかったというのは確かだろう。

「たぶんお前の中に、父親の魂も入っていると思う」

優瑶が胸に手を置いてふぅと息をつくと、羅はひょうたんを差し出した。

「ほら、飲め」

勧《すす》められるまま口をつけ、優瑶はこくこくと飲み干した。今回のものは、さっぱりと甘い、爽《さわ》やかな水だった。

「これ、なんですか」

羅は体を起こし、優瑶を押し倒《たお》した。

「媚薬《びやく》だ」

「同じ冗談《じょうだん》は、通用しませんよ」

羅は笑いながら、優瑶の体の何ヵ所かをとんとんと指で突《つ》いた。その瞬間《しゅんかん》、体から力が抜《ぬ》けた。羅の寝起きで引き寄せられる時と似ていたが、それよりもっと脱力感《だつりょくかん》は強かった。

「……これいつも、朝に、先生、やってますよね……？」

羅は眉《まゆ》を寄せ、「記憶《きおく》にないが」と言った。

「こうして僕のこと、抱き寄せてます……」

羅は決まり悪そうな顔をした。

「経穴《けいけつ》を突いて力を抜いた。それで今は、さらに痛覚を減じた」

「痛覚？」

「あぁ。痛いとか、怖いというのは、この場所では感じることはないはずだが……念のためだ」

ぼうっとしている優瑶《ヨウヤオ》の顔を見て、羅はすっと目を細めた。

「お前、景《ジン》が書いたあの小説を読んだんだろう？　少年は破瓜《はか》の痛みに泣き叫《さけ》んでいたはずだ」

優瑶は、ごくりと唾《つば》を飲んだ。その前段階の、尻《しり》を念入りに愛撫《あいぶ》する描写《びょうしゃ》で脱落《だつらく》してしまい、その辺は流し読みしていたのだ。

優瑶は前からずっと訊いてみたかったことを、ついに口にした。

「せ……先生は、もともと男性が好きなんですか」

羅は一瞬不思議そうな顔をしてから、笑い飛ばした。

「長い間生きていて、いろんなやつを見ているとな、もはや性別などどうでもよくなるよ。その者の魂と、合うかどうかだけだ」

羅は仰向《あおむ》けにさせた優瑶に覆《おお》い被《かぶ》さり、顔の両脇《りょうわき》に手をついた。

「これから、お前の中に仙《せん》の力を注ぐ。注げば注ぐほど、お前は長生《ちょうせい》の者となり、老いることもない。それでお前は、本当に後悔《こうかい》しないか」

優瑶は静かに光る黒い瞳《ひとみ》を見ながら、こくんとうなずいた。

それを見た羅は、ひょうたんを傾けて中味を含《ふく》むと、優瑶に口づけた。人肌《ひとはだ》に温《ぬる》められた甘露《かんろ》が、羅の口を通してゆっくりと流れ込んでくる。優瑶は首に手を回し、顔を何度も傾けた。

ただ幸せだと思った。

百年の長さと重さを、自分はまだわかっていないのかもしれない。でも足を踏《ふ》み出す前に、その一歩が後悔するものであると誰が断言できるだろうか。

確実に言えるのは、今まで生きてきた中で、今この時がもっとも満ち足りているということだけだった。

「……これから、お前の体を清めていく」

羅はひょうたんから甘露を手に出すと、優瑶の肌《はだ》に塗《ぬ》り込めるように広げていった。頬から首、肩《かた》に、すぅっとした心地が広がる。大きな手で撫《な》でさすられると、とても気持ちがいい。優瑶は目を閉じて、大きくゆっくりと呼吸した。前にあった胸の苦しさは、もうない。この仙界は、空気すら甘く感じられた。

優瑶の手のひらと羅の手のひらが合わさり、ぎゅっと握《にぎ》られる。口づけは何度もしているが、初めて思い切り手を握られて、優瑶はかあっと赤面した。

「これで完全に、毒が消えた」

顔を横に向けて手のひらを見ると、うっすらと出ていたしみは消えている。

驚《おどろ》きと同時に、気が抜けたようになった。単に治療《ちりよう》的行為《こうい》だったのかと思うと、一人でドキドキしていた自分が馬鹿《ばか》みたいで、ますます恥《は》ずかしくなる。

「なんだ、そのがっかりした顔は」

そんなに顔に出したつもりはないのだが。どうしてこの人は、ささいな表情の変化も見逃《みのが》さないのだろう。

「いえ、その……ありがとうございます。毒を消してくださって」

覆いかぶさっていた羅は、顔をさらに近づけると、またすっと目を細めた。

「瑶瑶《ヤオヤオ》、言いたいことがあるなら、いつもみたいにはっきり言え。お前らしくない」

「えー……と」

優瑶は目を泳がせた。

恋人《こいびと》みたいにされてうれしかったけど、ちょっと違《ちが》ったみたいでがっかりした。……という、ただそれだけの気持ちを口に出したら、なんだかひどくつまらないものになる気がする。でも言わないと、またお小言を頂戴《ちようだい》しそうだ。

「……手を握られると、恋人みたいで、うれしかったんです」

羅は虚《きよ》を衝《つ》かれたように目を丸くしてから、じっと優瑶を見つめた。その瞳が小刻みに揺《ゆ》れて、熱を帯びていく。小鼻を一瞬膨《ふく》らませた羅は、口をぎゅっと引き結ぶと、ガバッと体を起こした。

「……あのなぁ！　あまりうぶなことを言うな。年寄りのこっちまで恥ずかしくなるだろうが」

　耳を赤くした羅は、眉間《みけん》に皺《しわ》を寄せて、手のひらに甘露を出した。胸を優《やさ》しくさすられ、指の先が胸の頂をかすめて、優瑶の下半身に刺激《しげき》が通った。

　次第《しだい》に臍《へそ》の下に手が下りてきて、臍の穴の周りをぐるりと撫でる。

　いったん手はそこで離《はな》れ、足の裏にいった。指の間までを丁寧《ていねい》に清められ、足首、すね、腿《もも》と上がっていった時、優瑶の中心は緩《ゆる》やかに立ち上がっていた。

　まるで、次はここですよと主張して、触《さわ》られることを待っているようだ。

　思わず恥ずかしくなり、顔を背《そむ》けて口元を手の甲《こう》で覆った。だが手はなかなか来ない。焦《じ》れた優瑶がチラッと見ると、羅は何かつぶやきながら、手のひらに出した甘露をもう片方の手に移し、さらにそれをまた手で受けることを繰《く》り返していた。

　その手つきは鮮《あざ》やかで、一滴《いってき》の水もこぼれない。甘露を転がす器用な動きに優瑶はつい見蕩《みと》れ、そしてその手であの水のように愛撫されたらどんなに気持ちがいいだろうと想像し、反射的に下腹部が疼《うず》いた。そんな自分が浅ましく、また一層恥ずかしさが膨らむ。

「何を、してるんですか？」

　羅は口を閉じたまま、口角だけを上げて笑った。

　髪《かみ》と同じ薄《うす》い色をした茂《しげ》みに、さっとその水が垂らされる。すると枯《か》れた芝草《しばくさ》のようなものは溶《と》けてなくなり、後にはつるりとした剝《む》き出しの性器だけが震《ふる》えるように勃《た》っていた。

優瑶は思わず上半身を起こし、膝《ひざ》を立ててそこを見ようとした。すると羅《ルオ》が、後ろの袋《ふくろ》を持ち上げるように撫で上げた。

「ひゃっ」

「変な声を出すなよ」

羅は苦笑《くしょう》した。

「だって、毛が……」

「清める過程だ。安心しろ、下界に行けばまた生えてくる」

優瑶は体を返され、うつぶせにされた。背中を撫でられると、ほっと落ち着く感じがあるが、つるつるにさせられた股間《こかん》が落ち着かない。手はだんだんと下にやってくる。

「紅《あか》い布地に白い肌がよく映《は》えるな……」

大きな手で尻をゆっくりと撫でられると、体が震えた。

「怖《こわ》いか？」

「いいえ……でも、先生に触られると、なんだかお尻がむずむずして……」

羅は少し笑うと、優瑶の脚《あし》を開いてその間に座った。大事なところがすうすうする感じがして不安になる。でもうつぶせの分、恥ずかしさはだいぶ薄い。

「脚を折って、おれのほうに尻を突《つ》き出せるか？」

優瑶が言われた通りにすると、羅は両の手で二つの肉をしっかり覆うようにして揉《も》み始めた。

「あ……」

恥ずかしく、でも気持ちがいい。自分で触った時はなんともないのに、羅から触《ふ》れられる時だけ、感覚が鋭敏《えいびん》になっている気がした。

湿《しめ》り気を帯びたなめらかな肌は、羅の手に自分から吸いつくようだった。玉《ぎょく》を愛《め》でるように撫でさすられ、どんどんと官能が高まっていく。

「ここを、触るぞ」

そう言うと、尻の肉をくいと押し広げた。大事なところが空気にひやりと晒《さら》され、心許《こころもと》なさと羞恥《しゅうち》が同時にやってくる。

ついに、致《いた》されるのだ。優瑶はぎゅっと目をつむった。あの小説を思い出す。

こうして中を指と舌でよくほぐされてから、硬《かた》く熱い男の鉄塊《てっかい》を挿《い》れられ――。

小説の記憶《きおく》と妄想《もうそう》で、固い窄《すぼ》まりがひくひくと蠢《うごめ》いた時だった。

「瑶瑶、少し冷たいかもしれないが、こらえてくれ」

――冷たい？

なんだろうと思う間もなく、細い無機物が中に入ってきた。思わず後孔《こうこう》がきゅんと締《し》まる。

後ろを振《ふ》り返れば、細長い赤ひょうたんが尻《しり》の合間に刺《さ》さっていた。それまで見たことのないものだった。

液体が腹の中にどくどくと注がれる感触《かんしょく》に、優瑶《ヨウヤオ》は大きく体を震わせた。

「あっ……へっ？」

「これは霊酒《れいしゅ》だ。肉体に残る下界の塵《ちり》を流すのに、必要な手順なんだ」

だが霊酒と言っても、酒は酒だった。

赤ひょうたんを抜《ぬ》かれて、優瑶の上半身は崩《くず》れ落ちた。

多くが外にだらだらと流れ出る一方で、一部は優瑶の中に沁《し》み込み、体を火照《ほて》らせていく。

尻《しり》だけが高く上がる体勢になったことで、より一層体の奥に流れ込みやすくなったようだった。

急に頭がぼうっとしてきて、優瑶は顔を幾度《いくど》も左右に向けた。

「だめ……お、お尻からお酒を飲むと、すごく酔《よ》うって……あの話に」

「瑶瑶、そういう下品な言い方をするな。まったく、景《ジン》の小説に影響《えいきょう》され過ぎているぞ」

羅は少し怒《おこ》ったような口調で言った。

溢《あふ》れた霊酒が、会陰《えいん》の中央に走る筋をつっと伝って後ろの袋を濡《ぬ》らしていく。その水の流れる感触が、まるで舌の先で舐《な》められているようで、優瑶は焦《じ》らされるような快感を覚えた。

意識は霞《かす》み、体は火照り、四肢《しし》はだるくなってくる。腹の中は熱く燃えるようだ。

「あつい……あついですっ……」

その時、濡れた温かいものがぴちゃりと後ろに押し当てられた。

「あっ」

優瑶は、それが最初なんだかわからなかった。次にそれがねとねとと動き始めた時、舌であの穴の周辺を舐められているのだとようやく気がついた。

「あっ……あっ、あっ」

優瑶は尻をいっそう突き出して、ぴくぴくと小刻みに体を震わせた。想像以上に気持ちがいい。背中を撫《な》でられている安心感とは違う、刺激的な快感。優瑶はそれを初めて後ろの穴で感じていた。

小さい蛸《たこ》のような生き物が、窄みの周りを覆《おお》っているような感じがする。小さく閉じたところを舌でそっと撫でられ、ぞくぞくとしたものが体を走った。

前を触っていないのに、どんどんそこに血が流れ込んでくるのがわかる。

舌の気持ちよさに喘《あえ》いでいると、ふとそれが離れた。

「指を入れて、中をほぐすぞ。花の蜜《みつ》でさらに清める。これでお前の体は、花の蜜の香《か》を出すことになる」

羅は近くで咲《さ》く大きな月季花《げっきか》を手折《たお》った。桃色《ももいろ》の柔《やわ》らかな花びらの中心にある花芯《かしん》を指でよじると、とろとろと蜜が出てくる。羅は何かを唱えながら、蜜をまとわせた指で固く閉じた窄まりを何度か押した。

「瑶瑶、息を大きく吸って吐《は》け。吐いた時、体が緩む。その時に、挿れるぞ」

言われた通り、吸って、吐いた。その瞬間《しゅんかん》、少しだけ指の頭が入ったのがわかった。優瑶は身をぶるりと震わせた。

柔らかい肉の中に埋《うず》められた、男の太い指。それをきゅうきゅうと、優瑶の体が締めつけている。

羅は少しずつ、慎重《しんちょう》に指を進めていった。だが想像していたのとちょっと違《ちが》う。痛くはないが、さりとて気持ちよくもない。

「ゆ、指だけでは、よがり狂《くる》わないのですね……」

優瑶が額に汗《あせ》を浮《う》かべながら言うと、ぺちんと尻を叩《たた》かれた。

「あ、お尻叩くのも、小説にありました……」

「だから優瑶、あの話を思い出すな。あれは作りごとだ。今お前の体をいじっているのはおれで、景の妄想じゃない」

怒られてしまった。

中をまさぐられ、あるところをとんと押される。その瞬間、腰《こし》がガクッと抜けたような気がした。

「あっ……えっ、なに……？」

戸惑《とまど》う優瑶を見て、羅が低く笑った。

「これは秘された経穴《けいけつ》だ。奇穴《きけつ》とか、またの名を阿是穴《あぜけつ》と言う。感じるか？」

もう一度指で押されると、下半身が重くなる。さらにもう一度押され、思わず優瑶は「あっ……はい、そこ」と声を上げた。

「ああ（阿《あ》）、はい、（是《ぜ》）そこですというから、この名になったというが」

ぐっと指で押され、むずがゆい何かがそこからやってくる。

「それは本当だな」

優瑶は目を閉じて、下半身にもやもやと広がる快楽を味わった。羅の指が、優瑶の体の中の胡桃《くるみ》を押しては撫でるたび、広がりは大きくなっていく。

もっと大きいものが来て欲しいような、でもこれをずっと続けて欲しいような、複雑な気持ちだった。

「……お尻の中がむずむずします。そこから、なんか変になります……」

「一度突けば力が抜け、もう一度突けば体を開き、最後に突けば心を開くという、秘された場所だ。ここは小説にはなかっただろう？」

羅は指を抜いた。広げられた肉の襞《ひだ》は、名残惜《なごりお》しそうにひくひく蠢いた。

「よし、お前の中の具合を確かめよう」

羅は脚の間に顔を埋めると、綻《ほころ》んだ蕾《つぼみ》の周りをまたじっくりと舐め始めた。

そのうち舌の先が穴の中をくじるようにやってくると、四つん這《ば》いの優瑶は大きく背を反らせた。

「は……は、ひ……」

無意識のうちに逃《に》げようとする体をぐっと押さえ込まれ、前を握《にぎ》られながら舌を出し入れされる。同時に、敏感《びんかん》な先端《せんたん》を琴《こと》を弾《ひ》くような手つきで撫でられ、先走りが滲《にじ》んだ。

「んぁっ……んんッ、あぁ……」

鳥肌《とりはだ》が立ち、脚が時折びくんと動く。とてつもなく気持ちがいい。しばらく舐められて、ふと体が軽くなった。

羅《ルオ》はまたいつものひょうたんを傾《かたむ》けると、ごくごくと飲み干した。

「うん、やはりお前の肉体は、今や守護鬼《しゅごき》がいるおかげで陰の気が強くなりすぎている。陽根を入れ、かき混ぜ、陽の気を注いで、陰陽《おんよう》和さねばなるまい」

もうそういう御託《ごたく》はいらないから、早くまぐわってほしい。でもそれを言うと、また下品だと怒られそうだった。

「い……挿れて、かき混ぜてください」

「あぁ。だが瑶瑶《ヤオヤオ》、お前の顔が見たい」

体を返され、仰向《あおむ》けにされる。恥《は》じらう顔を押さえられ、口を吸われた。そうなると、魂《たましい》まで吸い出されているみたいに、さらにぼうっとなってしまう。羅の口中は月季花の香《かお》りがして、優瑶は菓子《かし》を欲しがる子どものように厚い舌を夢中で舐めた。

指の先で胸をつっと撫でられる。優瑶は体を跳《は》ねさせた。指は字を書くように器用に動いたが、ある箇所《かしょ》には触《ふ》れない。白い肌《はだ》に尖《とが》る桃色のところが、じんじんと痺《しび》れたように感じる。

口を離《はな》され、優瑶は荒《あら》く息をした。指がくるくると、小さな頂の麓《ふもと》をなぞる。でも肝心《かんじん》の箇所には触れてこない。しばらく焦らされた優瑶は「触《さわ》って」と懇願《こんがん》した。

「先を、触ってください」

ちょんと軽く触れるか触れないかで、指が触った。その瞬間、優瑶の腹にさっと快楽の証《あかし》が飛び散った。それを見て、羅は苦笑《くしょう》した。

「若いな」

「先生のせいです」

優瑶は顔を真っ赤にして言った。腕《うで》で目を隠《かく》し、「ばか」とつぶやく。羅は腕を外し、その唇《くちびる》を塞《ふさ》いだ。

「お前が痛くないように、気持ちよくなるようにしているのに、馬鹿《ばか》とはなんだ」

「そんなじらさないで、ねぇ、また、おしりの中のあそこをついてくらさい」

呂律《ろれつ》の回らなくなってきた優瑶は、本能のままに懇願した。羅は、愛《いと》おしむような目つきでふっと笑った。

「おれだってもう限界なんだ。今度は指でなくていいな?」

「はい」

「じゃあ阿是穴を突くのに、もっともよい形のものを入れよう」

羅が穿《は》き物をぐっと下ろし、そそり立ったものを出した。風呂場《ふろば》で見た時よりも一層高く天を向き、先走りでぬらぬらと濡れて光っている。赤黒く太い幹には、波打つ血の道が網《あみ》のようにのたくっていた。優瑶《ヨウヤオ》は、ごくりと唾《つば》を飲んだ。

あんなものが、入るのだろうか。あれに陽の気が詰《つ》まっているなら、それはとても強すぎて多すぎて、そのうちはちきれてしまうのではないかと思えた。

羅は上を向く陽根に手を添《そ》えて、その傾きを少し下げさせると、優瑶の会陰《えいん》を押した。それだけでも気持ちがいい。強く押されると、ぬるりと前後に亀頭《きとう》がすべり、優瑶は短く荒い息を吐いた。そのすべりは次第《しだい》に後ろにずれていき、ひとつの場所に狙《ねら》いを定める。

腰から下がぐっと重くなり、熱く硬《かた》いものが体を割り裂《さ》いて入ってきた。

強い圧迫感《あっぱくかん》と、重さがある。しかし、痛みは感じない。ごくゆっくりと進められ、馴染《なじ》むのを待った。

羅はじっと優瑶の顔を見つめ、頬《ほお》を触った。その顔は、羅が寝起《ねお》きで見せる無防備な表情とも、食事の時の楽しそうなものとも違った。まるで視線で愛撫《あいぶ》されているようだった。

だが瞳《ひとみ》の奥に途方《とほう》もない愛を秘《ひ》めながら、一方で優瑶を気遣《きづか》うような、不安な色も帯びていた。

「苦しくないか?」

優瑶はこくんとうなずいた。羅はその後も、薄《うす》い色の髪《かみ》に手を埋め、体をつなげたまま優瑶の顔を撫《な》でて、唇や瞼《まぶた》、頬に口づけした。

「……本当は、もうずっと前から、こうしたかった。ごめん」

耳元で、苦しそうな声がする。

優瑶はぎゅっと抱《だ》きついて、顔を太い首元に擦《す》り寄せた。猫《ねこ》のようにぐりぐりと甘えて、羅の耳たぶにかじりついた。

中に埋められたものが、より硬く、大きくなる。最初はひきつれるようだった肉の筒《つつ》は、今やその太さに馴染み、広げられ、ぺったりと張りついていた。

もう十分だと思う頃《ころ》、羅は身を起こした。少しずつ中を揺《ゆ》らしてくる。次第にそれは、とんとんと規則正しく突いてきた。

「あ……」

「痛くはない？」

「はい……ンッ、ん……」

体を小刻みに揺すられ、あの場所を優《やさ》しく突かれる。

「あっ、そこ……そこきもちぃ……」

最初は慣れなかった体が、甘い刺激《しげき》でだんだん目覚め始める。熱すぎて狂《くる》いそうだった体に芯《しん》が通り、快感がしっかりと形になって、全身を支配した。

後はこのまま羅の導きに任せていればいいのだ。

優瑶は無意識のうちに自分で前を触りながら、中をこする大きく硬い肉の棒を味わっていた。

もともと経穴《けいけつ》を突かれて脱力《だつりょく》していた下半身はぐずぐずになり、みっちりと根本まで仙《せん》の真《しん》髄《ずい》を受け入れている。

優瑶は快感を逃《のが》すよう頭を左右に振《ふ》った。体が熱い。

白い肌はほんのりと上気し、首までが淡《あわ》い桃色《ももいろ》に染まる。どうしていいかわからず、甘い吐《と》息《いき》を漏《も》らすと、「瑶瑶」と名前を呼ばれた。

顔を正面に戻《もど》すと、優瑶は口をぽけっと開けて、自分の上にいる男を見つめた。

羅享将《ルオシャンジアン》は、悪鬼《あっき》を退治した直後のような恐《おそ》ろしく精悍《せいかん》な顔をしている。しかしその瞳は酒に酔《よ》ったように潤《うる》み、まどろむように溶《と》けていた。

猛々《たけだけ》しく反る陽根は、節度をもってまっさらな体を揺さぶり続ける。

「……お前の中は、とても気持ちがいい」

羅が、大きく息を吐《は》くように言った。その強靭《きょうじん》な腰は、飽《あ》くことなく同じ動きを繰《く》り返していた。小刻みに跳ねるように動き、優瑶を悦《よろこ》ばせる。

弱く突かれ続けていると、突然驚《とつぜんおどろ》くほど強く大きな波がやってきた。

「ああっあああぁぁ……」

目の前が白く弾《はじ》け、優瑶はぼんやりとした。初めて感じる強い法悦《ほうえつ》に、息を整えるだけで精《せい》一杯《いっぱい》だった。

抜《ぬ》かれないままゆっくりと抱き起こされ、羅の上に座らされる。頬から首を、丁寧《ていねい》に吸われ

ながら、顔が下りていった。

胸の先をちゅっと吸われ、舌の先で弾かれる。同時に大きな手で交互《こうご》に尻《しり》を揉《も》み込まれ、快感の余韻《よいん》が残る優瑶はぴくぴくと体を震《ふる》わせた。

白い尻は餅《もち》のように捏《こ》ねられ、そのたびにあの秘された経穴に陽根が強く当たる。風呂場での出来事を思い出して、優瑶は羅に絡《から》みついた。逞《たくま》しい背中を撫でさすり、体に脚《あし》を回す。

そして自分から腰《こし》を振った。

羅は、そんな優瑶の様子を見て、うれしそうに笑った。前から両手で腰骨を摑《つか》まれ、突き上げられる。優瑶は羅の首に両腕《りょううで》を回して、背をのけぞらせた。

「あっ、ああっ……」

ぐちゃぐちゃとかきまぜられ、中の肉が蠢《うごめ》いて絡みついた。柔《やわ》らかく蕩《とろ》けた肉の壁《かべ》は、硬くそれでいて弾力《だんりょく》のある羅の肉体に吸いつき、放さない。肉の輪が、ぎゅっとその根元を締《し》めつける。また中で、陽根が膨《ふく》らんだ。

あの場所が、重く太い幹によって潰《つぶ》される。羅がたまらなくなったように、また優瑶を押し倒《たお》した。優瑶は猿《さる》のように抱きついたままだった。羅が貪《むさぼ》るように唇を幾度《いくど》も食《は》み、顔を傾《かたむ》けては離してまた吸い付いた。その間も休みなく、優瑶の体を揺さぶり続ける。

羅は器用に腰を動かし、ぱんぱんに膨らんだ亀頭でもって、優瑶のあの場所から奥まで、ぐいと走らせた。

腰の奥から快感が弾け飛び、全身に回って優瑶は痙攣《けいれん》した。

「瑶瑶《ヤオヤオ》、今度は後ろから突いてやろう」

羅《ルオ》が息を弾《はず》ませて言った。

優瑶はよくわからないまま体を返され、再び四つん這《ば》いにさせられた。丸い尻をたっぷりと撫でられながら、また緩《ゆる》やかに突かれる。

「あぁ、とてもいい、お前の中は」

羅が小さく円を描《えが》くように腰を回す。

「どんな仙桃《せんとう》にもかなわん……肉はぷりんと弾力があるのに、中はとろけるようだ……」

柔らかくなった肉の中を、太い幹がぐりぐりと往復した。悦楽《えつらく》の種をかすめて、優瑶の体がくにゃくにゃに崩《くず》れる。

また波がやってくる。次第に、突く速度が上がってくる。羅が覆《おお》いかぶさり、耳元で囁《ささや》いた。

「……お前はおれの精を受け、羽化登仙《うかとうせん》して童子となれ」

ぐっと強く押し込められ、そのまま羅は腰を前後に動かした。優瑶は激しく喘《あえ》いだ。二度、三度と恍惚《こうこつ》の境地を迎《むか》えた後、中に羅が精を放った。

じっくりとまぐわい合い、たっぷりと精を注がれて、三日が経《た》った。

優瑶たちが燕幕城《えんばくじょう》の楼閣《ろうかく》に戻ると、部屋に上がり込んで茶をすする小柄《こがら》な老人がいる。その横には、見覚えのある糸目の男。

白く長い顎《あご》ひげを蓄《たくわ》えた老人が、くしゃっと笑った。

「久々だの、羅九《ルオジウ》」

「師父《シーフー》……」

羅は驚《おどろ》き、すぐに拱手《きょうしゅ》して老人に礼を尽《つ》くした。羅の師匠《ししょう》となった仙人に違《ちが》いない。優瑶も見よう見真似《みまね》で慌《あわ》てて頭を下げた。

「ご挨拶《あいさつ》しようと山に参りましたが、お留守でしたので。わざわざいらっしゃるとは」

老人は羅の言葉に「な〜にを言っておるか」と小指で耳をほじった。

「童子との秘儀《ひぎ》の場として、洞府《どうふ》を貸してやった心遣《こころづか》いがわからぬか」

羅は一瞬《いっしゅん》気色《けしき》ばんだが、「ありがとうございました」と頭を下げた。

老人はふんと息を吐いてうなずき、「名は」と羅に向かって訊《き》いた。

「……月季《げっき》童子です」

「かわいい子よの」

老人は優瑶を見てにこっと笑った。いつのまにそんな名がつけられたのか。

「羅九、わしは茶請《ちゃう》けの菓子《かし》がほしい」

優瑶《ヨウヤオ》が動こうとすると、老人は手を上げて止めた。

「お前さんはよい。わしとおしゃべりでもして待っていよう」

羅は笑ってうなずいた。

「時間がかかりそうですから、どうか気を長くしてお待ちください」

「おお、楽しみだな」

羅は部屋を出ていき、老人は優瑶を隣《となり》に座らせて茶を飲んだ。

しかし優瑶は、さっきからその横にいる男が気になってしょうがなかった。さも当然のような顔で茶をすすっているのは、優瑶を売った金魚屋である。だいたい、景弐《ジン》秋官に締め上げられたのではなかったか。

老人は優瑶の視線に気がつき、カラカラと笑った。

「こやつは霊獣《れいじゅう》・珍獣《ちんじゅう》を売る妖狐《ようこ》だ」

「えっ」

よく見ると、金魚屋からは太い狐《きつね》の尻尾《しっぽ》が出ている。

「ひ……人ではないのですか……」

「人かもしれぬし人ではないかもしれぬ。だがそこにたいした差はない」

優瑶の頭に、馬《マー》先生の姿が浮《う》かぶ。

「そもそも、己《おのれ》の隣にいる者が、すべて同じ世に生きる者とどうやって証明できるのだ？　死者もいれば妖《あやかし》もおるかもしれぬ」

「ぼくは妖狐じゃありませんよう。もとは天界に住む天狐です」

「……と、本人は言い張っている」

確かにこの男、全体的に芝居《しばい》くさいというか、どこかうさんくさい。

「天界と仙界は違うんですか」

優瑶が訊くと、老人はうなずいた。

「仙の上にあるのが天だ。何か悪さでもしなければ、わざわざ下界になど降りるはずはないと思うんだがなァ」

老人が目をすがめ、金魚屋は慌てて目を逸《そ》らす。老人は笑って優瑶に向いた。

「羅九はお前さんを捜《さが》しておったからな、この妖狐にちょいと手伝わせたのだ」

意味がわからず、優瑶は目をしばたいた。

「捜していたって、それはいつの話です……？」

「お前さんの生家が襲《おそ》われた後だ。一人息子《ひとりむすこ》がいるはずだが見当たらないと言って、あやつは心配していたんだよ。複数の悪鬼《あっき》が憑《つ》いた父を持つ息子——誰《だれ》かさんに似てるからかの〜」

優瑶は驚き、じんわりと心が温かくなるのを感じた。

羅はそんな前から、見ず知らずの自分を心配していてくれたのか。

「わしにはピンとくるものがあって、この妖狐にも捜させたのだ。やはり蛇《じゃ》の道は蛇《へび》というか、闇《やみ》商売には闇商売というか。すぐに見つけ出してきた」

「そんな後ろ暗いことしてませんよ～」

金魚屋は手を振《ふ》った。

「というわけで、ぼくの助けがあって君を捜し出せたのだと、羅先生のお師匠様から口添《くちぞ》えしてもらおうと思ったんですね。でも君からでもいいので、言っておいてください。先生から、『渡《わた》した神像は高く売れたはず、一両を超《こ》えた分は返せ』としつこく言われているのですが、先生はこのことをご存じありませんから」

「手間賃ということですか？」

優瑶が聞くと、金魚屋は「そうそう」と言った。

「でも実際、旧王家所蔵の神像は六両ほどになったので……」

「六両！」

思わず優瑶が声を上げると、金魚屋は懐《ふところ》から銭《ぜに》を取り出した。

「羅先生はお得意様だし、さすがに気が咎《とが》めるので、一両はお返しします」

優瑶は、ありがたくそれを受け取った。

「じゃ、ぼくはこれで」

金魚屋はそそくさと立ち上がり、ささっと出ていく。

優瑶は、老人と二人で部屋に残された。

「だいぶ部屋が片付いたの」

「はい、僕が掃除《そうじ》しています」

「感心感心。室《へや》の乱れは心の乱れ。羅九もようやくちゃんとし始めるだろう」

少しして、老人は静かに語り始めた。

「……この前、あやつの父に悪鬼があまりにも憑きすぎたので、仙界《せんかい》でもなんとかしたほうがいいのではないかと噂《うわさ》になった。それでわしは多少仙術を使えるという息子を見に行った。なかなか見どころがあるから、修行《しゅぎょう》させたらめでたく仙となったが、本人はなかなか辛《つら》そうでの。わしは修行前に、初志貫徹《かんてつ》、真贋《しんがん》を見抜《みぬ》くようにとは言ったが、愛を捨てろとまで言った覚えはない」

優瑶は、神妙《しんみょう》な顔で聞いていた。老人は茶を一口飲んだ。

「だがそう言っても、聞く耳は持たんし。山から霊獣たちをとっつかまえて連れて出て、帰ってこんし。それで己を消耗《しょうもう》させるような無茶《むちゃ》な戦い方をする。山でもっと力を高めれば、そういう戦いをしないでも済むのに、それじゃ遅《おそ》いと話を聞かん。頑固《がんこ》モンよ」

老人のぼやきに、優瑶は思わずクスリと笑った。

時間がかかればそれだけ悪鬼の被害《ひがい》も増えるだろう。きっと、羅はそれを許せなかったのだ。たぶん彼は、仙になりたかったのではなく、父親を倒《たお》してその被害者を少しでも減らしたかったのだろうから。

老人は穏《おだ》やかに話を聞く優瑶を見て、満足そうに言った。

「だが童子を持てば、一人でうんうん苦しむこともあるまいて。ようやく仙として生きる覚悟《かくご》ができて、よかったよかった」

「羅《ルオ》先生は、覚悟がなかったのですか」

「悪鬼を退治し終われば、すぐ死んでもよいと思っていたのではないかな。我らも不死ではない。あやつは仙としての修行そっちのけで、下界でずっと悪鬼退治しよるばかりだから、まだ未熟者だ。だがせっかく仙にさせたのだ、すぐ死なれても困る」

優瑶はうなずいた。

「……あやつも本当に頑《かたく》なだったが、愛する者を得て多少柔《やわ》らかくなっただろう。うん、わしの見立てに狂《くる》いなし」

そこへ、羅が戻《もど》ってきた。突然《とつぜん》、部屋が一気に薄暗《うすぐら》くなる。窓の外の景色はなぜかもう夕暮れ時になっていた。ついさっきまで朝だったはずなのに。

優瑶が目を白黒させていると「時間がかかったの～」と老人が言う。羅は「申し訳ありません」と苦笑《くしょう》した。

「いろいろ作っていたもので。菓子は慣れなくて」

円卓《えんたく》の上に並べられた菓子の中には、景の邸《やしき》で見たのと同じ、薔薇《ばら》の形をしたものもある。

「おお、これは綺麗《きれい》な菓子だ。何でできとるのかな」

老人は相好《そうごう》を崩《くず》し、一つつまみ上げてまじまじと観察した。

「林檎《りんご》です。皮付きのまま薄《うす》く切り、甘く煮《に》て、小麦を練った生地《きじ》を土台に花の形にまとめてから石窯《いしがま》で焼いてあります」

そうすると、花びらの縁《ふち》が赤い、黄色の薔薇ができる。食べるのが惜《お》しいくらいに美しい菓子だ。

「ある貴族の家で見て、初めて作ってみたのです。これまで菓子にはあまり興味なかったのですが、これからはいろいろ作ってみようかと」

羅はそう言った後に、チラッと優瑶を見た。

老人は驚《おどろ》くほど大きく口を開けて、パクリと一口で飲み込んだ。

「うん、美味《うま》い。だがこれはわしのようなじいさんではなく、若い童子に食べさせるための菓子だな」

老人は優瑶にも食べるよう促《うなが》した。念のために羅を見ると、優《やさ》しく微笑《ほほえ》んでうなずく。

優瑶が一口かじると、林檎の甘酸《あまず》っぱい香《かお》りが広がった。

さく、さく、と食べるごとに、その音が本物の花びらに変わって円卓に落ちる。優瑶が事態を理解できないでいると、老人はそのうちの一枚をつまみ上げて、ふっと息をかけた。

「では、わしもそろそろ帰るとしよう」

花びらが大きくなったのか、老人が小さくなったのか。老人は花びらの上に乗ると、ふわりと浮いて窓から出て行く。

「では、また」

優瑶《ヨウヤオ》は慌《あわ》てて窓へと駆《か》け寄った。

「あ、あのっ、お名前を……」

「無名尊《むみょうそん》じゃ。月季《げっき》童子よ、そやつを頼《たの》んだぞ」

ホホホという笑い声とともに、花びらは小さくなり、風に流されて、あっというまに見えなくなった。目をまんまるにする優瑶の顔を見て、羅は大笑いした。

「これくらいのことで驚いていては、童子は務まらんぞ」

羅が椅子《いす》を引き、優瑶を座らせた。

「ほら、これはお前のために作ったんだ」

勧《すす》められた温かい碗《わん》の中には、濃《こ》い赤紫《あかむらさき》をした玫瑰《まいかい》の花びらが飾《かざ》られている。

「桃膠載せ《タオジヤオの》姜撞奶《ジアンヂュアンナイ》だ。玫瑰で香りづけしている。これはお前を思い描《えが》いて作った」

「どういうことですか？」

羅は隣《となり》に座り、優瑶にぴったりと肩《かた》を寄せて、匙《さじ》を持った。

「いいか？　まず基底となる下の層は、牛の乳を生姜《しょうが》の汁《しる》で固めた姜撞奶。柔らかい弾力《だんりょく》があり、白くて甘くて温かいが、それだけじゃない、爽《さわ》やかな辛《から》さもある。これはおれが思う、お前そのものだ」

羅が碗の中に匙を突《つ》き入れる。優瑶も碗を覗《のぞ》き込んだ。

「で、その上にあるのは桃膠。桃《もも》の樹液だ。桃から出た蜜《みつ》がぷるぷるしている、これはまさに、羽化登仙《うかとうせん》している時のお前だ。乱れに乱れ、ほら透明《とうめい》なのにこんなに色づいている」

「えっ⁉」

羅は、その琥珀色《こはくいろ》の桃膠ごと姜撞奶をすくった。

「でもどんな時のお前も、その魂《たましい》は花のように香り高い」

真っ赤になる優瑶の目の前に、甘味《かんみ》がこんもりと盛られた匙がやってきた。

「ほら」

あーんと口を開けると、羅が餌付《えづ》けするように匙を入れる。

甘い蜜の絡《から》む桃膠のぷるぷる感がたまらない。花の気高い香りと、牛乳の優しい甘さが口の中に広がる。種類の違《ちが》うぷるぷるに頬《ほお》を緩《ゆる》ませると、羅は満足そうに笑った。

「美味いか？」

口が塞《ふさ》がっている優瑶は、こくこくとうなずいた。

「じゃあこれからも、ずっと食わせてやる。おれの童子に」

口の中にあるよりも、もっと強い甘さが胸に広がる。

恥《は》ずかしくなって、優瑶は思わずむせた。ゲフゲフと咳きこむと、さっき落ちた花びらがぶわっと舞《ま》い上がり、不規則にひらひら舞った。

あとがき

このたびは拙著《せっちょ》をお手にとってくださり、ありがとうございます。

この話には、虚々実々《きょきょじつじつ》が入り混じっています。羅《ルオ》の修行は、『唐宋伝奇集《とうそうでんき》』の説話から想を得ましたが、内容は物語に合わせて改変しています。また、馬《マー》先生が語る玉《ぎょく》の効能（『神農本草経』『名医別録』のくだり）は、各本に書かれている（らしい）文を引用しています。原本では「五蔵百病」でしたが、セリフ内は「五臓」としました。雄黄《ゆうおう》（ヒ素）が漢方に使われていたというのも、昔はあったそうです。梨《なし》の効用や漢方薬も一応調べたうえでその通り書きましたが、専門家ではないので、処方が合っているかまではわかりません……。

人の体に三魂七魄《さんこんしちはく》があるというのは、割とおなじみの話かと思います。太素脈《たいそみゃく》という占《うらな》い、禹歩《うほ》というまじない、人体のツボ＝奇穴《きけつ》（阿是穴《あぜけつ》）も、昔の中国の考え方として文献《ぶんけん》に見られますが、そのやりかたなどは私がでっちあげたものです。狴犴《へいかん》、狻猊《さんげい》は中国の想像上の生き物としてその名前が知られており、狴犴の姿は虎《とら》に似ていて訴訟《そしょう》を好むらしいのですが、お話ではふさふさの長毛種にしてみました。

それ以外のこと、たとえば悪鬼《あっき》の設定（まずは魄を喰《く》らってそれから魂を喰らう・浄化《じょうか》される・酒になるなど）やその描写《びょうしゃ》・登場の仕方や話の流れ、陣《じん》を張ること、霊獣《れいじゅう》に関する設定、固有名詞（金猫姥《ヂンマオラオ》や白竜鞭《はくりゅうべん》など）はすべて私の創作です。刺繍《ししゅう》から出てくるというのも、なんとなく思いついたものですが、もしかしたら似たような昔話などがあるのかもしれません。無名尊さまのくだりは、着想のまま好き放題書けて楽しかったです。料理や甘味に関しては、「美食天下」という中国のWEBサイトを参考にさせてもらいました。姜撞奶《ジアンヂュアンナイ》というのは生姜ミルクプリンのことです。書いていると、食べたくなって困りました。

この話に美しいイラストを与《あた》えてくださった高崎《たかさき》ぼすこ先生、どうもありがとうございました！　表情が生き生きとしていて、かわいくかっこよく、本当にすてきな一冊になりました。

今回も担当さんにはいろいろとお世話になりました。また、この本に携《たずさ》わってくださったすべての方々に、この場を借りてお礼申し上げます。

そして、この本を読んでくださったみなさまに、深く感謝いたします。

佐竹《さたけ》笙《しょう》

〈参考文献〉

『唐宋伝奇集』上・下　今村与志雄《いまむらよしお》訳　岩波書店

★ツイッターでもSSなどをアップしています。創作に関することしかつぶやかないので、あまり頻度《ひんど》は高くありませんが、フォローしていただけたらうれしいです。
@shosoukan

仙愛《せんあい》異聞《いぶん》

凶王《きようおう》の息子《むすこ》と甘露《かんろ》の契《ちぎ》り

佐竹《さたけ》笙《しよう》

角川ルビー文庫　23572

2023年3月1日　初版発行

発行者——山下直久
発　行——株式会社KADOKAWA
〒102-8177　東京都千代田区富士見2-13-3
電話 0570-002-301（ナビダイヤル）
印刷所——株式会社暁印刷
製本所——本間製本株式会社
装幀者——鈴木洋介

ISBN978-4-04-113522-8　C0193　定価はカバーに表示してあります。

　◇◇◇

KADOKAWA RUBY BUNKO

角川ルビー文庫

いつも「ルビー文庫」を
ご愛読いただきありがとうございます。
今回の作品はいかがでしたか?
ぜひ、ご感想をお寄せください。

〈ファンレターのあて先〉

〒102-8177 東京都千代田区富士見 2-13-3
株式会社KADOKAWA
ルビー文庫編集部気付
「佐竹 笙先生」係